AF377986

Christian de MOLINER

# Les exploits de Jasmine Catou

*Les éditions du Val*

# Crimes et mathématiques*

*Toutes les anecdotes sur les mathématiques et les mathématiciens rapportées dans cette nouvelle sont rigoureusement authentiques*

Je soupire : moi qui n'aime tant que me prélasser sur mon canapé, je suis une nouvelle fois sur le front, loin de notre petit appartement. J'aurais dû me méfier quand Philippe, le client de Maman qui nous rendait visite, s'est extasié devant moi :

— Votre chatte est vraiment magnifique, elle a une présence incroyable et elle attire les regards sur elle. Nous allons la faire poser à côté d'un ruban de Mobius en bois et nous aurons ainsi l'affiche pour le prochain salon des mathématiques !

Je ne connaissais pas encore les propriétés de la figure géométrique qui allait partager la vedette avec moi, mais j'étais ravie d'entamer une carrière de mannequin. D'après Philippe, le comité qu'il présidait ferait de la publicité dans les principaux médias écrits. J'étais contente de devenir une star.

Philippe est revenu la semaine suivante, avec une caisse recouverte d'un velours noir et un huit en bois blanc, le fameux ruban de Mobius. Il nous a expliqué que ce dernier n'avait qu'un seul côté et non deux comme les objets ordinaires. Il a fait une démonstration en suivant du doigt l'intérieur de la boucle, mais je n'ai pas compris grand-chose à son argumentation : je ne dois pas avoir l'esprit scientifique. Maman non plus si j'en crois l'air interrogatif qu'elle arborait. Heureusement, les attachées de presse n'ont nul besoin d'être expertes dans les domaines qu'elles défendent, sinon qui ferait la publicité du salon des mathématiques ?

J'ai pris la pose sur la caisse, transformée en podium, le ruban de Mobius étant placé contre le rebord de ce dernier. Ma mère m'a photographiée sous tous les angles afin de composer l'affiche, elle est douée dans ce domaine. J'ai été mitraillé une cinquantaine de fois, avant que Philippe et Agathe ne se déclarent satisfaits.

Le résultat est flatteur ; je suis mise en valeur et je pense que ma photo a fait sensation dans la presse écrite, que de nombreux Parisiens sont tombés amoureux de moi. Je plaisante ! Vous savez bien que je ne suis pas prétentieuse.

Hélas toute médaille a son revers. Puisque je suis l'égérie du salon des mathématiques, je me dois d'être présente pendant les quatre jours que dure cette manifestation. Enfin, on ne m'oblige pas à rester confinée dans une cage, comme lors du concours de beauté féline auquel j'ai participé l'année dernière. Je suis libre de me promener comme je l'entends, du moment que je revienne de temps à autre sur la petite table qu'on a aménagée pour moi. À côté de l'espace qui m'est réservé, trône un magnifique ruban de Mobius en bois vernis. Le public se presse autour de nous, mais je crois, sans me flatter, avoir plus de succès que l'objet mathématiques. Pourtant, une affiche précise sa particularité géométrique et explique pourquoi il est si exceptionnel. Malgré cela, je reçois plus d'éloges que le huit en chêne verni :

– Quel beau chat !

– J'en voudrais un comme lui, Maman.

Je m'efforce de rester humble. Le destin vous assigne à la naissance des gènes qui vous rendent séduisante ou quelconque et vous n'y êtes pour rien. Bien folle celle dont la beauté lui monte à la tête !

Ah voilà Maman qui vient me chercher. Ce matin, elle m'a avertie que je devais me tenir à côté des membres du jury pendant la remise du prix Gödel. Cette distinction a été créée pour ce salon et porte le nom d'un mathématicien célèbre. Selon Philippe, ce chercheur était à la fois génial et perturbé. À la fin de sa vie, il vivait comme un clochard et ne mangeait plus tant il redoutait d'être empoisonné. Notre visiteur a ajouté, sarcastique que les mathématiques rendent fou ; il a raison au vu des anecdotes qu'il nous a rapportées.

Philippe fait une brève allocution dans laquelle il remercie le public d'être au rendez-vous, les jurés d'avoir lu les diverses thèses qui concouraient pour le prix. Il laisse ensuite la parole à un des confrères, Hervé Liers, un des plus grands mathématiciens Français. Il a décroché le prix Abel, l'équivalent du Nobel dans sa matière. Quand il a déjeuné chez nous, Philippe nous a raconté une historiette qu'il tient pour fausse : Alfred Nobel lorsqu'il a créé les prix qui portent son nom aurait délibérément écarté les mathématiques, car le jury aurait immanquablement récompensé Niels Abel, l'hypothétique amant de Madame Nobel. En 2003, les Norvégiens ont créé le prix Abel, aussi richement doté et aussi prestigieux que les Nobels pour honorer les mathématiciens et combler une lacune.

Hervé Liers me plait : il porte une moustache à la Hercule Poirot avec deux fines pointes dressées vers le haut. Il arbore un nœud papillon de couleur grenat et il a agrafé sur le revers de son veston une chouette dorée. Cet oiseau nocturne serait d'après Philippe, qui est une source inépuisable de renseignements, son totem et il lui porte un culte fervent. Bref Hervé Liers est un original comme le sont beaucoup de ses confrères. Néanmoins, il inspire la sympathie et il est un chercheur de premier plan ; il participe au rayonnement de la France en mathématiques, domaine où notre pays est leader avec les États-Unis. Je cite Philippe.

Hervé Liers commence dans son discours par présenter Kurt Gödel. Il trace sa biographie en quelques lignes, avant d'expliquer le théorème le plus célèbre que ce savant a démontré, celui de l'incomplétude qui porte son nom. Je me raidis à l'avance étant sûre de ne rien comprendre : je suis totalement hermétique aux mathématiques.

– Pour illustrer cette proposition, je vais vous raconter une fable, s'amuse Hervé Liers. Imaginez que dans une petite ville, le conseil municipal décrète, sous peine d'amende, que tous les hommes qui ne se rasent pas eux-mêmes doivent l'être par Frantz le barbier et que ce dernier ne doit raser que ses concitoyens qui ne le font pas eux-mêmes. Frantz sera vite dans une impasse. S'il ne se rase pas lui-même, il contrevient à l'arrêté, car il doit s'occuper de sa barbe selon le décret. S'il se rase, il est également fautif, car il ne doit offrir ses services qu'à ceux qui n'entretiennent pas eux-mêmes leurs barbes. Le malheureux Frantz n'a aucune échappatoire sauf s'il est une femme, ce qu'il n'est pas. Selon le théorème de l'incomplétude de Gödel, dans toute théorie mathématique, un résultat peut être soit vrai soit faux soit indémontrable – On dit indécidable – La situation de Frantz illustre ce troisième cas.

Miaou ! Au secours ! J'ai mal à la tête ; je ne comprends rien à ce galimatias scientifique. Les mathématiciens aiment se placer dans des situations impossibles. Dans la vraie vie aucun conseil municipal ne prendra un décret aussi stupide. Je me mets à ronronner discrètement et Maman décrypte ma demande : elle me caresse la tête. Je me détends et me serre contre elle.Hervé Liers continue son discours en présentant les deux finalistes du prix Gödel. Ils les invitent à le rejoindre et à se placer à sa droite.

Le premier se prénomme Christophe ; il est petit, ses cheveux sont longs et son jean est troué. Je ne crois pas qu'il suive la mode, mais que son pantalon est usé à force d'être porté. Le second, Benjamin, fait contraste avec lui, il est grand, athlétique, il est impeccablement habillé avec un costume gris de bonne coupe, une chemise bleue et une cravate foncée : le sdf et le dandy ! Ce sont les mots qui me viennent à l'esprit lorsque je les regarde.

Hervé explique que les deux candidats sont normaliens ; les humains semblent accorder beaucoup d'importance à cette qualité. Les finalistes sont tous les deux boursiers à l'école de la rue d'Ulm. Christophe a étudié *les singularités des variétés non affines* et Benjamin *les idéaux non principaux des extensions algébriques des corps d'entiers en base p*. Ne me demandez pas ce que ces recherches recouvrent : Hervé Liers a tenté d'en donner un aperçu, en vain. Et à voir les mines dubitatives du public je ne suis pas la seule à n'avoir rien compris. Cependant, je fais confiance au jury, ces travaux sont sans nul doute novateurs et importants, même s'il est impossible présentement de savoir à quoi ils serviront. Philippe, toujours en verve, nous a donné un exemple célèbre lorsqu'il a déjeuné chez nous : les matrices paraissaient n'avoir aucun intérêt lorsque les chercheurs qui les ont étudiées ont découvert leurs principales propriétés. Or elles se sont révélées par la suite capitales pour la relativité et la mécanique quantique ; elles ont permis des avancées majeures en physique. Bien entendu, j'ignore tout des matrices, de la relativité d'Einstein, de la physique quantique et des liens qui les unissent.

Philippe a copié la cérémonie des Césars que nous regardons à la télévision avec Maman : une de ses étudiantes amène à Hervé une enveloppe dans laquelle se trouve le nom du lauréat. Le mathématicien à la chouette d'or prend son temps, décachette le courrier, en sort un petit morceau de carton, fait mine de le lire soigneusement et annonce enfin :

— Christophe Coiffeur pour ses travaux sur *les singularités des variétés non affines.*

Les humains évidement applaudissent à tout rompre à l'énoncé du verdict. Mais celui-ci fait aussitôt l'objet d'une vive contestation au point que le public, surpris, arrête de frapper dans ses mains. Benjamin est pris d'une crise de rage, il invective son camarade.

— C'est un scandale ; les travaux de Coiffeur présentent une faille énorme qui invalide ses résultats. Et il le sait, il me l'a avoué. Ce faussaire a réussi à vous tromper et vous le récompensez !

Philippe se dirige vers le chercheur en fronçant les sourcils :

— Calmez-vous Christophe, je vous prie. Soyez beau joueur.

— Je me moque de perdre. Je ne prétends pas que mes théorèmes sur *les idéaux principaux* soient extraordinaires. J'estime même qu'ils ne méritent aucune récompense. Mais je refuse qu'un tricheur triomphe. Je connais beaucoup de jeunes chercheurs que vous auriez dû distinguer à la place de ce falsificateur.

Hervé Liers s'approche à son tour, le visage fermé.

– J'ai transmis ton émail à tous les membres du jury. Nous étions bien embarrassés. Tu ne nous apportais aucune preuve. Selon toi, un soir de beuverie Christophe Coiffeur t'aurait avoué que sa théorie présentait une faille béante, restée jusqu'à présent inaperçue, mais tu ignores laquelle. Malheureusement, personne à part toi n'a entendu les prétendues confidences de ton camarade et ne peut appuyer tes dires. Dans le doute, j'ai décidé de vérifier points par points sa thèse. J'ai consacré à cette révision tout mon week-end et tous les soirs de cette semaine. Je n'ai trouvé aucune erreur. Les travaux de Coiffeur me semblent parfaitement cohérents et je les valide.

– Vous souvenez-vous de la démonstration du théorème de Fermat ? La première version paraissait crédible aux yeux de tous, mais au bout d'un an on s'est aperçu qu'un des maillons de la chaîne des arguments était manquant. Je ne doute pas du sérieux avec laquelle vous avez examiné les théorèmes de Coiffeur, mais vous avez procédé dans l'urgence et en dépit de votre bonne volonté vous avez peut-être admis une déduction fausse, surtout si elle a l'apparence de la vérité.

Hervé Liers a l'air contrarié : est-ce parce que la caution qu'il apporte, lui le grand chercheur récompensé à l'international, ne semble pas suffisante aux yeux de cet étudiant ou pour une autre raison ? Je connaissais l'anecdote mise en avant par Benjamin, car Philippe nous avait parlé du lemme de Fermat. Je n'ai retenu de son exposé que deux points : l'énoncé du théorème est simple et Fermat a prétendu l'avoir démontré en quelques lignes, mais sans expliquer comment il y était parvenu. Pendant trois cents ans des milliers de chercheurs se sont échinés en vain à retrouver ce résultat prétendument facile avant qu'un Russe, vivant encore chez sa mère très âgée et en voie de clochardisation avancée, ne parvienne à élaborer une solution complexe, qu'il a réussi à affiner après qu'on eut relevé une imprécision. Indifférent à l'argent, il a refusé la récompense d'un million de dollars, offerte par un mécène à celui qui résoudrait ce problème. Les mathématiques sont un monde à part, un univers où les illuminés sont rois. Pour ma part, si j'étais humaine, je ne sacrifierais pas douze mois de ma vie à vérifier la démonstration d'un théorème qu'on savait juste depuis trois siècles.

— Le débat est clos, décrète Hervé Liers. Nous allons si vous le voulez bien poursuivre cette cérémonie.

Pourtant, il semble gêné, peu sûr de lui. Deux gardes de sécurité ont fait leur apparition et encadrent le contestataire.

— Tu ne l'emporteras pas au paradis, hurle Benjamin.

— Calmez-vous ou sortez, ordonne Philippe d'un ton sec.

Le normalien maugrée avant de tourner les talons. Hervé Liers reprend le fil de son discours, mais le cœur n'y est plus. Il bâcle l'éloge de Christophe. Celui-ci bredouille quelques remerciements à ses professeurs, à son directeur de thèse et à ses parents. On remet au lauréat un chèque géant ; je m'approche dans les bras de Maman et un photographe immortalise la scène réunissant la mascotte du salon des mathématiques portée par sa mère et le vainqueur 2020 du prix Gödel serrant sa récompense contre sa poitrine Le cliché pris, le lauréat plie sans façon son chèque en huit avant de le glisser dans sa poche. Quelle désinvolture !

À l'invitation de Philippe, la foule se rue sur le buffet. Maman me dépose sur le sol, en me demandant de faire attention et de ne pas trop m'éloigner. Par curiosité, je m'attache aux pas d'Hervé Liers ; il paraît si préoccupé que Philippe s'approche de lui en souriant et essaye de lui remonter le moral :

— Détends-toi, cher ami ! Tu es trop crispé. Veux-tu que j'aille te chercher une flûte de champagne ? À moins que tu ne préfères un jus d'orange ?

— J'espère que nous ne serons pas désavoués, grommelle son collègue.

— Que passe-t-il ? Aurais-tu à nouveau des doutes ?

— Oui, à la réflexion, je me demande si le passage à la limite du paragraphe cinq est vraiment justifié.

— Attends ! Tu m'as assuré que oui !

— Depuis, mon inconscient a travaillé en arrière-plan, j'ai un contre-exemple à étudier.

Philippe pâlit.

— Pourquoi ne nous en as-tu pas parlé tout à l'heure. Nous aurions retardé la remise du prix Gödel, expliqué qu'il fallait procéder à de nouvelles vérifications. Là, tu nous mets dans le pétrin.

— Écoute, à première vue le contre-exemple auquel je pense ne marche pas. Seulement, je dois poser mes équations dans le calme de mon laboratoire pour m'en assurer. Mais ne t'inquiète pas. Il y a quatre-vingt-dix-neuf pour cent de chance pour que la thèse de Coiffeur soit correcte.

— Quand même ! Tu aurais dû nous faire part de tes réticences immédiatement !

— Navré, cette idée ne m'a effleuré que lorsque Benjamin Leurs a parlé du théorème de Fermat. Il était déjà trop tard !

— Nous sommes dans la mouise, grommelle Philippe. Combien de temps dureront tes vérifications ?

— Je l'ignore ! Une heure, une semaine, voire plus. Je ne veux plus prendre de risques. Mon avis devra être définitif et sans ambiguïté.

— En effet, ne te précipite surtout pas.

— Mon passage à la limite est justifié, les interrompt Christophe Coiffeur.

— Eh bien si votre argumentation est correcte, vous n'avez rien à craindre, rétorque Philippe.

— La probabilité que tu aies tort est infime, le rassure Hervé.

Le jeune homme s'éloigne en marmonnant. Je décide de le suivre pour le surveiller. Il fend la foule et se dirige vers le buffet. Il saisit deux coupes de champagne avant de s'extraire de la horde des invités, grimaçant un sourire à ceux qui le félicitent. Il regarde tout autour de lui avant de repérer Benjamin qui boude dans un coin. Il s'approche de lui et lui tend une des flûtes.

— Sans rancune, Benjy ?

— Laisse-moi tranquille ! Tu sais bien que je ne bois jamais d'alcool ! Et même si j'en consommais, je ne trinquerais pas avec toi.

— Pour ma part, je ne t'en veux pas.

— Parce qu'en plus je serais fautif ?

— Tu m'as traité de faussaire, je te rappelle !

— J'ajouterais un autre qualificatif si tu insistes : escroc.

— Eh bien, moi. Je bois à ta santé.

Il avale le contenu d'une des deux flûtes tout en narguant son camarade du regard. Mais son expression se fige et il s'écroule sur le sol, pris de convulsions, sa jambe droite repliée sous lui. Une femme crie dans la salle :

— Vite ! Le lauréat vient d'avoir une crise cardiaque.

On s'empresse autour du malheureux. Je m'écarte pour ne pas gêner les secours. Un homme barbu, sans doute, un médecin, s'agenouille, prend le pouls de Christophe, essaye un massage cardiaque. Mais il n'insiste pas et se relève :

— Il est mort, annonce-t-il.

Philippe et Hervé accourent, catastrophés.

— Que lui est-il arrivé, docteur Mysers ? Il a fait un infarctus, un AVC ? demande Hervé.

— Non ! Au vu des symptômes, il a été empoisonné au cyanure.

— Vous plaisantez ?

— Hélas non !

— Que personne ne sorte, ordonne Philippe aux agents de sécurité qui viennent demander des instructions. Et que quelqu'un appelle la police.

Une jeune fille rousse vêtue d'une longue robe verte se précipite sur le cadavre et le couvre de baisers avant que Hervé et le médecin n'arrive à la relever et à l'écarter du mort. À peine libérée de l'emprise du docteur Myers, elle se jette alors sur Benjamin et lui martèle théâtralement la poitrine de petits coups de poing rageurs.

— Assassin ! hurle-t-elle en proie à une crise de fureur.

— Sophie, je vous en prie, tente de la calmer Hervé Liers en l'éloignant de Benjamin. Rien n'indique pour l'instant qu'il ne soit coupable.

— C'est une de tes disciples ? demande Philippe.

– Pas du tout. Elle s'appelle Sophie Blanchard. Elle est étudiante en master de sociologie, elle m'a sollicité pour enquêter sur l'origine sociale des étudiants de Normale Sup dans le cadre de son mémoire de fin d'études. Je n'ai vu aucune objection et je lui ai donné mon autorisation.

– Nous devions nous marier, gémit la jeune femme.

– Était-elle vraiment la petite amie de Christophe ? s'enquiert Philippe.

– Aucune idée ! Je ne m'intéresse absolument pas aux amourettes des élèves, répond Hervé.

Hum. Un point me tracasse. Mais comment faire passer cette information aux humains ?

– Benjamin a volé le cyanure dans le laboratoire de l'école normale, insiste Sophie. Des étudiants ont affirmé qu'en dérober dans l'armoire contenant les produits dangereux était un jeu d'enfant.

Philippe s'étonne :

– De quoi parlez-vous ?

– Lors une soirée à laquelle ils m'ont conviée, ils ont discuté de la meilleure façon de commettre un crime. Ils ont alors parlé de ce poison.

– Qui étaient présents ? Des normaliens ? Christophe ? Benjamin ?

– Oui les deux étaient là : nous nous étions réunis dans les caves de la rue d'Ulm, pour l'ambiance.

– Coiffeur s'est enivré, précise le suspect. Et c'est à cette occasion qu'il m'a avoué que son mémoire était truqué. Il ne supportait pas l'alcool. Moi non plus, mais je m'abstiens de boire.

– Vos camarades ont vraiment évoqué les moyens de se procurer du cyanure ? interroge Philippe, perplexe.

— Oui, marmonne Benjamin. Comme un des thésards en mathématiques se montrait incrédule, l'un des physiciens lui a donné le numéro permettant d'ouvrir le cadenas protégeant le cyanure.

— Ils sont inconscients ! proteste le docteur Myers.

— Ils sont jeunes, les défend Liers. Ils n'ont pas pensé à mal.

— Hervé, sais-tu si depuis le code a été changé ? demande Philippe.

— Je l'ignore. Mes collègues du département physique ne m'en ont pas parlé, mais ils n'avaient aucune raison de le faire. Néanmoins, si tu veux mon avis, aucun normalien ne s'est vanté d'avoir enfreint les règles de sécurité. En plus, beaucoup de nos étudiants en chimie ont besoin de ces réactifs dans le cadre de leurs études. Aussi, si on a modifié la combinaison les protégeant, elle n'est pas restée secrète très longtemps.

— Le laxisme qui semble régner à l'école normale de la rue d'Ulm est inquiétant, monsieur Liers, constate le docteur Myers. Il n'est guère étonnant dans ces conditions qu'un tel drame se soit produit.

— Ne cherchez pas plus loin ! Christophe est le meurtrier, fulmine Sophie.

— Eh ! Tu es bien plus suspecte que moi, marmonne l'étudiant.

Philippe le réprimande :

— Ne cherchez pas à détourner les soupçons ! Elle était la petite amie de la victime.

— Sa fiancée, hoquète Sophie.

— Dans tes rêves uniquement ! Il était trop intelligent pour vouloir de toi.

Notre client se tourne vers Hervé.

— Hervé, as-tu des informations à ce sujet ?

— Je t'ai déjà dit que je ne m'intéresse pas à ces histoires de cœur. Attends, je vais m'adresser à une spécialiste qui est au courant de tous les potins de l'école.

Hervé ! Rappelez-vous du discours de remerciement. Il est significatif. Liers interpelle une jeune femme vêtue d'une parka d'hiver verte, alors que nous sommes en juin et que le soleil brille.

— Anna, éclairez notre lanterne. Qui est amoureux de qui ?

La fille semble embarrassée.

— Je n'aime pas dire du mal des gens.

— Les circonstances sont trop graves, Anna. Allez-y !

— Sophie a tendance à affabuler.

— Donc selon vous, Christophe n'était pas amoureux d'elle.

Bien sûr, sinon il aurait remercié sa fiancée pour son aide au moment de recevoir son prix puisqu'il a parlé de ses parents. Si vraiment ils avaient prévu de se marier, il ne l'aurait certainement pas oubliée.

— Au départ, il a bien essayé de la draguer, mais il s'est vite aperçu qu'elle était folle à lier, une vraie malade.

Quelle hargne pour quelqu'un qui prétend ne pas médire des autres ! Sophie gifle Anna.

— Salope, faux jeton, l'insulte-t-elle

On s'empresse autour des deux filles pour les séparer.

— Anna, étiez-vous présente lors de la soirée dans la cave ? demande Philippe.

— Oui, bien sûr. Tous les normaliens étaient là !

— Comment en est-on arrivé à parler du cyanure ?

— Nous participions à un jeu sur le thème : comment éliminer sans violence un de nos ennemis. Chacun proposait sa solution à tour de rôle. Par la suite, nous avons voté pour la meilleure méthode et choisi l'irradiation avec une minuscule bille d'uranium 238 déposée dans la voiture de la victime potentielle

— Quelle idée de jeu tordue, maugrée Hervé. Vous n'auriez pas pu faire une partie de Trivial Pursuit comme les gens normaux ?

— Nous voulions nous amuser !

— Sophie ou Benjamin ont-ils marqué de l'intérêt pour le cyanure ? s'enquiert Philippe.

— Je ne sais pas !

— Vous avez affirmé que mademoiselle Blanchard était folle à lier, je vous cite. Au point de commettre un crime ?

— En fait, elle est mythomane. Au début, nous la croyons mais au fil du temps nous avons eu des doutes tellement ses mensonges devenaient de plus en plus gros.

Elle se tourne vers Hervé :

— Savez-vous monsieur Liers, que contrairement à ce qu'elle a prétendu, elle n'est pas inscrite en master de sociologie à la Sorbonne ?

— Comment cela ?

— Elle a abandonné ses études juste après le bac.

— Mais pourquoi voulait-elle faire cette enquête sur l'origine sociale des normaliens si celle-ci n'entrait pas dans le cadre de son diplôme ?

— Elle cherchait un prétexte lui permettant de s'introduire dans l'établissement de la rue d'Ulm, pour connaître de nouvelles personnes. Je suppose qu'ailleurs elle est grillée.

— L'aviez-vous démasquée depuis longtemps ? interroge Hervé

— Il ne nous a fallu qu'un mois pour cela.

— Pourquoi personne ne m'a jamais rien dit ? gémit Liers.

— Elle ne fait rien de mal et elle est amusante dans son genre. Nous nous demandons toujours ce qu'elle va inventer. Nous faisons même des paris sur le contenu des prochaines histoires qu'elle va nous débiter. Nous avons créé la Banchardophilie, la science consacrée à l'étude de Sophie Blanchard.

Bref, elle a l'esprit un peu dérangé, mais elle est à sa place parmi les normaliens, si on en croit toutes ces biographies de mathématiciens

— Anna, Sophie a-t-elle pu empoisonner Coiffeur ? Par dépit amoureux ou pour toute autre raison.

— Sincèrement je l'ignore ; en revanche je ne m'étonne pas qu'elle ait prétendu être fiancée à Christophe. Elle aime ramener la lumière sur elle en toutes circonstances.

— N'écoutez pas cette garce ! éructe Sophie qui a retrouvé un peu d'aplomb. Elle ne cherche qu'à me faire porter le chapeau alors que vous tenez le coupable : Benjamin.

— Il a un mobile en effet : si on écarte la rivalité amoureuse qui semble hypothétique, il reste le prix Gödel ! admet Phillipe

Le visage du normalien s'empourpre.

— N'importe quoi. Je ne l'ai pas tué.

— J'aurais tendance à croire ses dénégations, remarque Hervé. Être coiffé au poteau n'est pas un motif suffisant pour commettre un meurtre.

Chez les humains peut-être, mais les mathématiciens sont si particuliers. Philippe hoche la tête :

— Si on s'en tient à la seule logique aucun crime n'a été perpétré. Pourtant, nous avons un cadavre sur les bras et l'assassin est probablement un normalien.

— J'allais étudier à fond sa thèse, hurle Benjamin. J'aurais trouvé sa satanée faille, dussé-je y passer le reste de ma vie. J'aurais ruiné sa réputation. Pourquoi l'aurais-je empoisonné puisque j'avais un moyen plus sûr de lui nuire ?

— Votre remarque est juste s'il vous a vraiment avoué que son mémoire est erroné, reconnaît Philippe. Dans ce cas, le tuer n'était pas pour vous l'option privilégiée.

Il se retourne vers Anna.

— Mademoiselle, connaissez-vous des ennemis à votre camarade ?

— Au point de vouloir sa peau ? Aucun.

— Étiez-vous liée à lui ?

— Non ! Christophe était un grand solitaire.

Une idée me traverse l'esprit et comme à chaque fois que j'en ai une qui pourrait orienter une enquête dans le bon sens, j'essaye de l'imprimer par télépathie dans le cerveau de ma mère. Je me concentre pour donner plus de force à mon signal.

— Anna, intervient Agathe, Christophe aurait-il pu nouer une relation sentimentale sans que vous en soyez informée ?

Youpi ! J'ai réussi à influencer Maman. À moins qu'elle n'ait pensé la même chose que moi ; les grands esprits, paraît-il, se rencontrent ! Il fallait poser cette question puisque dans trois cas sur quatre, l'amour est à l'origine des crimes.

— S'il avait une copine dans l'établissement, je m'en serais immanquablement aperçue. Maintenant, il fréquentait peut-être une fille à l'extérieur de l'école. Encore une fois je n'étais pas intime avec lui.

— Selon vos dires, il aurait essayé de draguer Sophie.

— Tout à fait ! Pour cette raison, je serais étonnée d'apprendre qu'il avait une petite amie.

— A-t-il rapidement renoncé à la séduire ?

— Moins vite que les autres, mais quand il a compris la vraie nature de cette malade, il a fui à son tour. Elle a beau être mignonne, elle est tarée.

— Arrête de m'insulter, s'insurge la fausse étudiante en sociologie.

Nous entendons un brouhaha. Une demi-douzaine d'agents en uniformes bleus escortant deux civils arborant un brassard rouge où est écrit *Police* arrivent enfin sur le lieu du crime. L'un des nouveaux venus porte une sacoche de plastique noir. Philippe résume la situation. Il laisse la parole au docteur Myers pour qu'il fasse un court compte-rendu de ses constatations médicales ; le praticien réaffirme sa certitude d'avoir affaire à un empoisonnement au cyanure.

— Le produit a dû être ajouté dans la flûte de champagne, conclut-il. Il a agi dès qu'il a été ingéré.

— Qui lui a donné le verre ? s'enquiert l'inspecteur. Quelqu'un le sait ?

Diantre ! Je m'en veux ! J'aurais dû songer à cette piste tant elle était évidente. La détective Jasmine Catou vient de commettre une grave erreur de méthodologie. Je connais la réponse à la question du policier, car j'ai suivi Christophe, mais je suis bien entendu incapable de témoigner, puisque je ne sais que miauler et non parler.

Heureusement, une jeune femme dont les cheveux sont recouverts par un turban vert lève la main.

— Je l'ai félicité alors qu'il était au buffet, explique-t-elle. À mon avis, il a choisi ses coupes au hasard.

— Donc si le cyanure avait déjà été versé dans le verre avant qu'il ne le prenne, le défunt n'était pas particulièrement visé. Il a été empoisonné par hasard.

Philippe se décompose.

— Si cette hypothèse est juste, quelqu'un voulait saboter le salon des mathématiques ! Mais pour quelle raison le ferait-il ?

Hum ! Un ancien élève qui aurait souffert toute sa scolarité dans cette matière et développé une haine tenace au point de se venger ? Non ! C'est Absurde.

— Aurions-nous affaire à un maniaque, s'interroge Maman, comme celui qui, il y a quelques années en Australie a empoisonné des paquets de céréales qu'il a replacés ensuite dans les rayons d'un supermarché.

— Je crois qu'en fait c'était en Allemagne, complète l'inspecteur. Et si je me souviens bien, on était en présence non d'un fou, mais d'un maître chanteur cynique. Il exigeait que la chaîne alimentaire où il sévissait lui verse une rançon.

— Je n'ai reçu aucune menace et personne ne m'a réclamé d'argent, assure Philippe.

— J'interrogerai le traiteur et le propriétaire de cette salle. Eux aussi pourraient avoir fait l'objet d'un chantage. Cependant, selon l'hypothèse la plus probable, la victime a croisé son empoisonneur entre le buffet et l'endroit où elle est morte. Quelqu'un aurait-il remarqué quelque chose ?

J'essaye de rassembler mes souvenirs : Christophe a fendu la foule compacte des invités. Moi-même en dépit de ma petite taille, j'avais du mal à me faufiler dans la forêt de jambes. Le chercheur a été à de nombreuses reprises abordé par des admirateurs qui tenaient à le féliciter pour ses travaux ; un potentiel assassin a donc pu se glisser à côté de lui et verser la poudre mortelle dans sa coupe sans que je m'en aperçoive. En réponse à la question de l'inspecteur, plusieurs témoins décrivent la cohue pour accéder aux boissons.

— Bref, tout ou le monde ou presque est suspect, conclut l'enquêteur pensif.

— C'est Benjamin le coupable, hurle Sophie Blanchard.

Le policier la regarde en fronçant les sourcils. Philippe s'empresse de résumer la discussion qui a précédé l'arrivée des policiers, le prix Gödel et le débat sur la validité de la thèse de la victime. L'inspecteur se tourne vers son collègue en civil qui porte la sacoche de cuir.

— Ali, de quelle quantité de réactif alcalin pour cyanure disposes-tu dans ta sacoche ?

— J'en ai peu Marc, mais j'ai amené un spectrogramme de masse de poche. Je vais le régler sur le cyanure d'hydrogène ; cela me permettra de déceler ce produit même s'il est à l'état de traces. En cas de doute, je testerai immédiatement le dépôt suspect avec le réactif.

— Ok ! Mesdames, messieurs, pour éviter de vous retenir trop longtemps nous allons procéder à une première vérification ; nous cherchons à déterminer si l'un d'entre vous a été en contact avec le poison.

L'idéal aurait été sans doute de saisir les habits de tous les invités et de les analyser en laboratoire, mais c'est évidemment impossible. Les visiteurs du salon des mathématiques ne vont pas rentrer tout nus chez eux.

J'aurai bien une piste à explorer, mais je vais attendre un peu avant d'orienter les recherches ; si les policiers n'y pensent pas, j'essaierais d'attirer leur attention sur ce point. Les agents font ouvrir les sacs à main et explorent les poches des invités à la recherche de traces de poudre suspecte. Ali promène partout son spectrogramme de masse, mais les participants sont trop nombreux : si l'assassin se trouve parmi eux, il risque d'échapper aux recherches.

Au bout de deux heures d'efforts, tout le monde y compris Agathe, Hervé et Philippe a été fouillé et les forces de l'ordre ont récolté les noms, les adresses et un premier témoignage de chacun des visiteurs du salon. Évidemment, aucun indice probant n'a été recueilli.

— Nous allons pouvoir libérer le public, décide Marc.

— Vous ne testez pas les suspects, Sophie Blanchard ou Benjamin Leurs ? demande Philippe.

— Ne vous inquiétez pas : leurs vêtements seront examinés par la suite au microscope électronique, le rassure l'inspecteur. Néanmoins, nous allons procéder à un premier contrôle.

Une policière palpe soigneusement la fausse étudiante en sociologie, tandis qu'Ali étudie le revers de ses poches. Rien ! Il est de même pour le normalien quand ce dernier est mis à son tour sur le gril.

— À mon avis cette enquête sera complexe à élucider, marmonne Marc.

— Avons-nous affaire à un terroriste ? s'inquiète Philippe. Ou à un fou qui tue au hasard ?

Pour ma part, j'aurais une autre solution à proposer. Mais encore une fois je ne sais pas comment mettre les humains qui m'entourent sur cette piste. J'ai déjà essayé la télépathie avant de renoncer devant le manque de résultats. Je vais être obligée d'employer les grands moyens. Je me place juste à côté du cadavre qu'on n'a pas encore emmené. Il ne sera déplacé que lorsque tous les visiteurs seront partis et que la police scientifique aura fini ses investigations. Je me mets à miauler le plus fort que je peux. Si j'étais un chien, on dirait que je hurle à mort.

— Agathe, votre chatte devient insupportable. Remettez-la dans son panier, ordonne Philippe.

Maman se penche vers moi et me saisit.

— Je ne sais pas ce qui lui a pris, m'excuse-t-elle sur un ton embarrassé.

Lorsqu'elle se relève, elle comprend soudain où je voulais en venir.

— Il faut tester Christophe à son tour.

— Cela n'aurait aucun intérêt, voyons, la morigène Philippe.

— Et s'il s'était suicidé ? insiste ma mère.

— Pourquoi aurait-il mis fin à ses jours ? demande Hervé.

— Sa thèse est fausse et son argumentation a bien une faille. Vous alliez immanquablement le démasquer ! Il n'aurait pas supporté ce qu'il prenait pour un déshonneur. Il s'est empoisonné à côté de Benjamin pour le faire accuser.

Très bien Maman ! Je n'aurais pas mieux expliqué ses mobiles si je savais parler.

— Votre raisonnement se tient, reconnaît Hervé.

Je suis flattée et prends ce compliment pour moi ; il est d'autant plus important qu'il vient d'un mathématicien renommé pour son sens de la logique.

— Ali étudie les habits du mort, décide Marc.

Son adjoint s'empresse délicatement auprès du cadavre et retourne les doublures de ses vêtements. Quand il passe son spectrogramme de masse portatif sur la poche droite de son pantalon, il grésille. Le policier verse une goutte d'un liquide verdâtre sur le tissu. Une tâche brunâtre apparaît. Ali se relève.

— Ne cherchons plus : le défunt a transporté le cyanure dans son jean.

— Il s'est donc suicidé, conclut ma mère.

— L'enquête va se poursuivre dans toutes les directions, confirme Marc, mais a priori la mort volontaire sera la piste privilégiée.

Maman me soulève en direction du plafond.

— Jasmine Catou, encore une fois, tu as vu juste.

Hervé fait la moue :

— Attendez ! Vous ne pensez quand même pas qu'elle avait percé à jour ce pauvre Christophe !

— Bien sûr que si.

— N'importe quoi, marmonne le lauréat du prix Abel. Elle n'est qu'une chatte.

Non M. Liers je ne suis pas une minette ordinaire, je suis l'égérie du salon des mathématiques. Et je lui ai fait honneur en faisant preuve de logique : ni Sophie ni Benjamin ne semblaient coupables, la thèse d'un terroriste était invraisemblable, aussi il ne restait qu'une alternative : le suicide. Ai-je droit à un prix pour avoir si bien raisonné ?

# La voyante

Depuis ce matin, je boude sur mon canapé, pour marquer mon désaccord avec Maman : pour recevoir nos invités, elle a cuisiné un mélange de poulpe, de pommes de terre, de piments, d'ail et d'épices ; hélas, elle ne mettra pas les restes de ce festin dans ma gamelle ; elle aurait trop peur que mon fragile estomac ne supporte pas les condiments qui relèvent la saveur de ce plat. Pourquoi n'a-t-elle pas servi à la place du poulet à la sauce blanche qui est un véritable délice ? Je me serai alors régalée. Certes, Maman doit varier ses recettes, mais elle n'a pas toujours les mêmes convives. Quel dommage que je ne sache ni parler ni exprimer directement mes désirs. Je suis condamnée à montrer mon mécontentement en faisant mine de picorer ma nourriture, au lieu de m'en repaître comme de coutume, tout en évitant de me serrer contre ma mère. Enfin mon mouvement d'humeur ne va pas s'éterniser. Il m'est difficile de me priver longtemps des caresses d'Agathe !

Nous réunissons ce midi dans notre petit salon deux personnalités fort différentes, Anna Vopéric, une cliente de Maman qui signe de belles caricatures dans le Figaro, et Michel Becker, le philosophe qu'on ne présente plus. Michel est un habitué, il déjeune avec ma mère, à chaque fois qu'il est de passage à Paris. Il a demandé à rencontrer Anna lors de son séjour annuel dans la Capitale parce qu'il admire son coup de crayon et parce que le don qu'elle s'attribue l'intrigue ; en effet dans son dernier livre, notre invitée se prétend voyante et affirme percevoir des fragments du futur. Michel était d'autant plus désireux de déjeuner avec elle que Maman lui a rapporté une anecdote troublante : elles déjeunaient toutes les deux à la Brasserie Lipp, quand sa cliente a brusquement murmuré :

— Vous voyez cette jeune femme blonde qui porte un manteau bleu marine ? Celle qui est au comptoir en train de régler sa note ?

— Oui, très bien.

— Vendredi prochain son mari va lui téléphoner qu'il la quitte.

En faisant à son amie Armelle un compte rendu de sa conversation avec Anna, Agathe a avoué avoir tiqué devant cette prédiction : l'émettre sans qu'on ne puisse la vérifier lui semblait facile ; elles n'allaient pas aborder cette fille, lui révéler la sombre prophétie émise par sa cliente et lui demander de les avertir si elle était effectivement abandonnée !

— Je sens que vous n'êtes pas convaincue, remarqua la voyante. Eh bien, vous aurez bientôt la preuve que ma prémonition était exacte.

Ma mère n'avait pu s'empêcher de sourire devant cette affirmation qu'elle trouvait péremptoire. Une semaine plus tard, alors que cet incident lui était sorti de l'esprit, elle était de retour à la brasserie ; elle déjeunait avec un journaliste réticent qu'elle voulait convaincre d'écrire un article sur un de ses auteurs. Pour emporter la décision, elle avait amené un mug à mon effigie ; elle l'offre systématiquement aux critiques qui acceptent de parler de ses poulains. Alors qu'elle faisait une pause dans son offensive oratoire, son attention fut attirée par des éclats de voix : la jeune dame au manteau bleu était en train de s'installer à la table voisine de la sienne. Contrairement à la dernière fois, elle n'était pas maquillée et ses yeux étaient rougis par les larmes ; elle était accompagnée d'une femme plus âgée qui la morigénait :

— Tu m'exaspères de pleurer autant ; oublie ce mufle, il ne te méritait pas.

— Maman, que vais-je devenir avec les enfants ?

— Ne t'inquiète pas : tu n'auras aucun mal à t'organiser. Je suis soulagée que tu sois débarrassée de cet individu dépourvu de toute délicatesse. Il trompait bien son monde, toujours souriant et serviable alors qu'en fait, il est un véritable salaud. Je ne lui pardonne pas de t'avoir annoncé qu'il rompait avec toi, vendredi, le jour même de votre anniversaire de mariage, alors qu'il aurait pu attendre le lendemain.

Agathe avait blêmi : Anna ne s'était pas vantée et sa double prédiction s'était réalisée exactement comme elle l'avait annoncé.

Armelle avait froncé les sourcils quand Maman lui avait rapporté les détails de cette histoire surprenante.

— Aucune perception surnaturelle ne se cache derrière le prétendu don de ta voyante ! Je te parie que je peux tout expliquer en employant des arguments rationnels.

L'amie de ma mère est professeur de logique dans une école d'ingénieurs, enfin pour peu de temps encore. Si on l'en croit, elle va incessamment ouvrir un magasin de décoration. Elle ne supporte plus ses élèves, insolents et dissipés. Mais cela fait plus d'un an qu'elle évoque cette possibilité, sans que rien ne se concrétise.

— Essaye. Je serai curieuse de t'entendre.

— Première supposition, nous avons affaire à des comédiennes ou à des amies de ta voyante.

— Ton explication est peu crédible ! Au prix où revient un repas chez Lipp, Anna aurait dépensé une fortune pour se faire passer pour ce qu'elle n'est pas.

— Elle place des dessins dans le Figaro quotidiennement. Elle doit être correctement rémunérée pour ce travail et à mon avis, elle est à l'aise financièrement.

— Voyons ! Elle aurait été incapable de provoquer une seconde rencontre avec cette fille chez Lipp ; aussi, si elle avait voulu me tromper, elle se serait organisée autrement : le soi-disant mari aurait appelé peu de temps après qu'elle eut émis sa prédiction, pendant que nous étions encore au restaurant.

— Elle n'a pas privilégié ce scénario, car tu aurais pensé immanquablement à un coup monté.

— Tu ne m'as pas répondu à ma principale objection : comment Anna aurait-elle deviné le jour où je serais de retour chez Lipp ? Elle ne m'a quand même pas fait surveiller par un détective privé.

— Es-tu sûre de n'avoir pas fait allusion devant elle de ton prochain rendez-vous avec ce journaliste ?

— Je ne pense pas en avoir parlé.

— Mais tu n'en es pas sûre ?

— En effet.

— Donc, mon hypothèse est plausible.

— Absolument pas. Je n'avais aucune raison d'évoquer devant Anna ce repas avec le critique, donc je ne l'ai pas fait. Et explique-moi pourquoi elle m'aurait joué une comédie aussi tordue ?

– Elle voulait t'impressionner, te persuader qu'elle a effectivement un don et elle a investi un peu d'argent dans ce but. Elle t'a vite cernée : tu soutiens d'autant plus tes poulains que tu es convaincue par eux. Pour moins de trois cents euros, elle a obtenu une campagne de publicité d'envergure : tu vas raconter cette anecdote sur Facebook en insistant sur son côté spectaculaire et tu évoqueras cette pseudo prophétie devant tous tes interlocuteurs ! Or tu es en relation avec beaucoup de monde, tu es une vraie influenceuse.

Armelle connaît bien Agathe : effectivement, elle a parlé avec enthousiasme d'Anna à tous nos invités et à tous ceux qu'elle a eus au téléphone.

– Non et non ! avait protesté ma mère incrédule. Ta solution est abracadabrante : Anna est une femme honnête. Elle ne triche pas.

– Je te propose un autre scénario : elle a deviné en observant cette jeune femme que sa situation matrimoniale entrait dans une phase critique.

– Encore plus ridicule !

– Pas tant que cela : la romancière anglaise Virginia Wolf s'efforçait de deviner l'histoire et les sentiments qui animaient les personnes qu'elle croisait sans leur parler juste en les regardant. Elle y arrivait paraît-il fort bien.

– Et dans ce cas, comment expliquerais-tu ma nouvelle rencontre une semaine après ?

– Vu les rapports familiers que cette fille entretenait avec le personnel Anna a compris qu'elle était une habituée de la brasserie. Et comme elle sait que Lipp est ta cantine, elle était sûre que tu la croiserais à nouveau. Ce n'était qu'une question de temps.

– Écoute ! Cette explication est encore plus invraisemblable que le coup monté.

– Anna est télépathe : elle a lu dans le cerveau de cette blonde que son époux était sur le point de s'envoler.

Je trouve cette hypothèse plausible. De temps à autre j'arrive à établir une connexion entre mon esprit et celui de Maman et à lui faire passer des informations cruciales. Pourquoi n'en serait-il pas de même avec sa cliente ?

– Alors là ! Tu dérailles totalement.

– Je plaisantais : la télépathie est une fumisterie, grommela Armelle.

– Si tu en es réduit à raconter des sottises, c'est que contrairement à que tu avançais, tu n'as aucune explication rationnelle à me donner. J'en tire la seule conclusion possible : Anna est bien voyante comme elle l'affirme.

– Attends ! Il est impossible de prédire l'avenir. À l'instant présent, il n'existe pas encore. Si ton Anna possède bien un don pour voir à l'avance des événements futurs, il faut revoir toutes les bases de la physique !

– Philippe m'a donné une explication sur Facebook : le don de voyance serait permis par la mécanique quantique et les univers parallèles qu'elle induit. Enfin, je n'ai rien compris à sa théorie.

– Philippe ? L'organisateur du salon des mathématiques ? Il t'a raconté des fariboles. L'aspect quantique du monde est certes complexe et mystérieux, mais il n'est en aucun cas un succédané de la magie.

– Les chercheurs arriveront peut-être un jour à expliquer scientifiquement les prophéties.

– Je ne vois vraiment pas comment.

– 2000 ans avant Jésus-Christ personne ne comprenait le mécanisme des éclipses du soleil. Maintenant, on sait qu'elles sont provoquées par le passage de la lune devant l'astre solaire.

– Ton argument est démagogique. Bon je te le laisse. J'ai deux cents copies à corriger et il ne me reste plus que trois jours avant les rendre.

Pour moi, les DS de ses élèves n'étaient sans doute pour Armelle qu'un prétexte pour échapper à un débat où elle avait le dessous. Elle n'aime pas perdre !

On sonne : un de nos deux invités arrive. Je cesse de bouder et me frotte contre les jambes de Maman. Espérons qu'elle a compris le message que je voulais lui faire passer et que le dégoût que je me suis efforcée de montrer devant les effluves de poulpe la dissuadera à l'avenir de choisir ce plat. J'ai hâte de rencontrer Anna tout en ayant peur d'elle. Si elle perçoit une scène me concernant, je préfère qu'elle la garde pour elle. Je ne veux rien savoir de mon avenir. Lorsque ma mère ouvre sa porte, je me glisse à côté d'elle et je regarde à travers la rambarde : Anna et Michel montent ensemble l'escalier.

– J'attendais dans la cour de l'immeuble depuis un quart d'heure, explique le philosophe après les salutations d'usage. Je guettais notre amie.

– Lui avez-vous soutiré une consultation ? s'amuse Agathe.

– Presque ! Il voulait savoir comment je procédais, si en touchant une personne, je déclenchais le processus, s'esclaffe la voyante. À mon avis, il voulait connaître son avenir.

– Que lui avez-vous répondu ?

– Que je ne contrôle rien ; mes flashes apparaissent sans prévenir.

— Mais, insiste Michel, ceux-ci concernent-ils uniquement des personnes que vous connaissez ou que vous croisez ?

— Parfois, je perçois dont les protagonistes sont des parfaits inconnus, des hommes et des femmes dont j'ignore tout et que je ne rencontre jamais par la suite.

— Donc, dans ce cas vous ignorez si votre prédiction s'est réalisée ou pas, remarque Maman.

— Je n'ai aucun doute à ce sujet, réplique vivement notre invitée. Je suis sûre à chaque fois d'avoir entrevu un morceau du futur. Dans les scènes que je peux vérifier, je ne relève aucune erreur. Pourquoi en serait-il différemment pour les autres, les anonymes ?

— Je suis étonné par la précision de vos prophéties. Les paroles de la Pythie de Delphes étaient incompréhensibles. Elles devaient être interprétées par des prêtres chevronnés, mais le résultat de ce décryptage était obscur et possédait toujours un double sens. Je vous donne un exemple célèbre : des guerriers qui projetaient d'attaquer une cité proche de la mer, avaient interrogé la prêtresse et reçu cet oracle « Vous mesurerez la plage. ». Les soldats en avaient déduit que leur expédition serait victorieuse. En fait, elle a tourné au désastre, tous les agresseurs ont été soit tués soit faits prisonniers et les survivants ont été contraints par leurs vainqueurs à dresser la carte de la côte.

Michel se réfère souvent à l'Antiquité grecque ou latine, qui lui est plus familière que le monde actuel, si j'en crois une des confidences qu'il a faite à Maman.

— Pour ma part, je ne suis jamais ambiguë. Je restitue la scène du futur telle que je la perçois, quand je décide de la révéler.

— C'est-à-dire ? Vous arrive-t-il d'occulter vos visions ?

– Évidemment ! Quand je suis incapable d'identifier les protagonistes d'une scène, je la garde par prudence pour moi. Autre cas de figure : si lors d'un flash j'apprends qu'une personne de ma connaissance est en péril, que, par exemple, elle va faire une crise cardiaque ou un AVC, je m'abstiens de l'avertir. Je ne suis pas sadique.

– Pourtant, constate Michel, vous pourriez lui sauver la vie en l'incitant à consulter un médecin.

– Certainement pas : je ne peux pas et ne veux pas changer le futur !

– Installons-nous, propose Agathe. Nous continuerons cette passionnante conversation autour d'une coupe de champagne.

Quand nos invités eurent pris place et que ma mère eut versé l'apéritif, le philosophe revient sur ce qui lui tient à cœur :

– Donc si vous m'avez vu me faire écraser par une voiture en sortant de chez Agathe, vous me laisseriez dans l'ignorance.

– En effet !

– Et si je vous autorisais à m'informer des bribes de mon avenir que vous détenez, aussi terribles qu'elles soient ? Je vous promets de ne rien tenter pour me soustraire à mon destin. Je serai comme Socrate : je boirai la ciguë sans songer à m'enfuir.

– Votre engagement n'est que de circonstance et vous ne le tiendrez pas. Pour reprendre votre exemple, si je vous avertis qu'un autobus va vous passer sur le corps, tout le reste de votre vie, vous ne traverserez qu'après avoir regardé soigneusement à gauche et à droite.

– Vous n'avez jamais été tentée de modifier le futur ?

– Monsieur Becker ! les scènes que je perçois vont fatalement arriver.

– Je trouve, ma chère, que vos propos sont contradictoires ! Vous m'affirmez d'abord que j'échapperai à l'autobus en faisant attention, avant de prétendre que quoi que je fasse je finirai sous les roues du véhicule.

– Attention Anna, plaisante Maman, il ne faut jamais discuter avec un philosophe de la classe de Michel : il retournera vos arguments comme des crêpes et vous mettra en difficultés.

– J'ai pour règle de ne faire mes révélations qu'à des personnes dont je suis sûre qu'ils n'interviendront pas ; soit parce qu'ils n'en ont pas la possibilité, soit parce que mes visions me prouvent qu'ils ne le feront pas.

– Navré d'insister : vous devriez déroger à votre ligne de conduite, tenter des expériences. Votre don est exceptionnel. Étudiez-le à fond, testez ses limites.

– Avez-vous lu mon livre, monsieur Becker ?

– Appelez-moi Michel. Oui bien sûr, Agathe a eu la délicatesse de m'envoyer votre ouvrage et je l'ai dévoré.

– Vous souvenez-vous de mon passage où j'évoque les sorcières ?

– Bien entendu.

– Je ne veux pas être classée dans cette catégorie et je fais attention à l'image que je donne. Si je me mets à prophétiser à tout va, à annoncer des événements néfastes qui se produiront quelles que soient les interventions humaines, on m'accusera très vite de les provoquer, d'avoir jeté un sort sur mes malheureux congénères. Je me censure pour me protéger.

— Pour quelle raison avez-vous écrit ce livre alors ? Vous n'avez pas de cabinet, vous ne donnez pas de consultations, vous n'extorquez pas de l'argent en échange de vagues prédictions passe-partout. Bref, vous ne cherchez pas de clients. Pourquoi n'avez-vous pas gardé votre don secret, puisque vous n'en faites guère usage ?

Anna éclata de rire :

— Voilà une bonne question que je me suis effectivement posée. Comment vous dire : une force irrésistible m'a poussée à publier mon témoignage. J'ai senti que je devais le faire et j'ai muselé mes réticences

Notre philosophe semble dubitatif.

— *Ut Fatum meum est* *, comme disaient les latins, grinça-t-il.

— Une autre flûte de champagne, Michel ?

Maman est dans son rôle en intervenant pour désamorcer les tensions. Le ton était quelque peu monté entre ses deux invités. Le vin versé, elle interroge habilement Michel sur son prochain livre ; il devient alors volubile. Il explique s'être penché dans son nouvel essai sur le sacrifice dans le sport. Il a soigneusement passé en revue, cyclisme, football, rugby pour choisir ses exemples : il présente des héros ordinaires anonymes qui ont renoncé à saisir la gloire, pour soutenir un co-équipier plus célèbre ou un simple camarade. Il a dressé à chaque fois un parallèle avec un récit mythologique ou avec une histoire rapportée par des chroniqueurs grecs ou romains. Bien entendu, le point de vue développé par Michel est philosophique et nullement racoleur.

* *Ceci est mon destin*

Tout en discutant, ma mère fait le service, elle apporte son plat et ses invités se servent plusieurs fois, tant le met leur paraît délectable. Je me tiens en retrait sur l'Aventin, je veux dire sur notre canapé ; je n'accepte toujours pas d'être exclue de ces agapes prétendument trop épicées. Le repas se déroule dans une ambiance détendue jusqu'au moment du café. Alors qu'elle porte sa tasse à sa bouche, le visage de la voyante se fige. Elle se mord les lèvres.

— Quelque chose ne va pas ? s'inquiète Maman.

— Avez-vous une vision ? s'enquiert Michel.

Notre amie reste silencieuse quelques instants, avant de nous rassurer.

— Rien de grave !

— Je mettrai ma main à couper que vous avez eu un flash, affirme le philosophe. Vous étiez en transe comme l'était jadis la pythie de Delphes

— En effet, mais je vous préviens : je garderai ma vision pour moi.

— Pourquoi ? Avez-vous appris le décès d'un de vos proches ? Ou d'une de vos connaissances ?

Elle secoue la tête :

— Absolument pas.

— S'agit-il d'une scène dont vous êtes incapable d'identifier les protagonistes ?

— Voilà.

— Elle vous a troublé, constate Maman. Vous étiez moins crispée lorsque vous avez entrevu le futur pourtant peu réjouissant de la cliente de la brasserie Lipp.

— En effet.

— Pourquoi ? s'enquiert Michel. Les conséquences sont-elles si terribles ?

— Ma vision est partielle et je ne suis sûre de rien.

– Racontez-la ! insiste Michel. Là vous en avez trop dit pour nous laisser dans le flou.

– Non : je ne dérogerai pas à ma règle de conduite.

– Si vous nous faites part de votre flash, pourrions-nous changer l'avenir ?

– Peut-être, même si cela reste théorique : la scène que j'ai captée concerne une inconnue.

– Racontez-nous tout, ordonne le philosophe. Que vous ayez écrit ce livre qui m'a donné envie de vous rencontrer et que vous ayez une vision pendant notre entrevue sont nécessairement des signes du destin. Le simple hasard ne peut pas expliquer ces coïncidences.

Pour appuyer ces arguments, je me frotte contre les jambes d'Anna, espérant ainsi la détendre et la rendre plus réceptive à la suggestion de Michel. Moi aussi, je suis curieuse et j'ai envie de savoir ce qu'elle a vu !

– Soit, capitule la voyante, mais vous allez conclure comme moi que nous sommes dans une impasse : j'ai aperçu une femme contre laquelle se serrait une petite fille ; le dos d'un homme brandissant un couteau est brutalement entré dans mon champ de vision avant que la scène ne se dissipe.

– Mon Dieu, et s'il la tuait ? s'exclame Agathe.

– Vous voyez : mon flash est terrifiant

– Ne vous affolez pas, remarque Michel. L'individu qui tient l'arme ne souhaite peut-être qu'à impressionner et à menacer sa victime.

– Même dans ce cas, la situation est peu réjouissante, grommelle Agathe

Anna devrait être plus précise, décrire les protagonistes, indiquer comment ils sont habillés. Nous pourrions qui sait en tirer des informations qui nous permettraient d'éviter le pire. Hélas, une nouvelle fois je suis incapable de faire connaître mon point de vue : je ne peux que miauler, je ne sais ni lire ni écrire et je n'ai que quatre pattes qui ne valent pas des mains.

« Maman interroge ta cliente, fais-lui raconter sa vision avec tous les détails »

Je me concentre de toutes mes forces pour envoyer ce message télépathique.

– Les scènes que vous êtes capable d'authentifier se déroulent-elles nécessairement dans le futur ? s'enquiert Michel.

– Oui toujours !

– Sans aucune exception ? Vous est-il arrivé d'entrevoir un événement passé ?

– Jamais. Enfin pour les flashes dont j'ai eu confirmation par la suite.

– Vos visions sont-elles exactes à cent pour cent ? Existe-t-il des différences entre ce que vous voyez et qui se produit réellement ?

– Je vous l'ai déjà dit : autant que je puisse en juger, tout est absolument conforme.

– Je ne crois pas au hasard, répète Michel. Je sens que vous avez eu ce flash pour nous permettre d'intervenir et de sauver cette femme !

– Mais non : nous ne pouvons pas changer l'avenir !

– Vous n'avez pas vu cette dame se faire poignarder, n'est-ce pas ? Si tout va bien, la scène va se produire telle que vous venez de la percevoir, mais le potentiel assassin sera neutralisé juste avant de commettre son crime.

– Il faudrait pour cela intervenir à l'ultime moment.

– Les inspecteurs, prévenus par nos soins vont tambouriner sur la porte à l'instant fatal et hurler : « police »

La voyante éclate de rire :

– Vous croyez vraiment que si je téléphone au commissariat en expliquant que j'ai eu la vision d'un meurtre à venir, ils vont se déplacer ? Ils me prendront pour une folle !

– Si les inspecteurs refusent de se rendre sur place, j'irai !

– Attendez Michel. J'ignore le nom et l'adresse de cette personne. Sans ces informations, nous sommes totalement impuissants.

– Eh bien, essayons de récolter des indices.

Anna secoue la tête.

– C'est mission impossible !

– Décrivez-nous précisément la scène, propose Agathe.

Enfin ! Depuis cinq minutes, j'essaye de faire passer cette idée dans l'esprit de ma mère. Je commençais à désespérer.

– Qu'aimeriez-vous savoir ? soupire notre invitée

– Cette jeune femme est-elle blonde, brune ? Comment est-elle vêtue.

– Quelle importance ?

– La lumière émergera peut-être d'infimes détails, prophétise Michel.

Notre amie ne semble pas convaincue, mais elle joue le jeu.

– Elle est de taille moyenne, environ un mètre soixante-cinq, elle a autour de quarante ans, elle est blonde avec de longs cheveux retombant sur les épaules, elle porte un jean bleu et un chemisier blanc crème des rayures de même couleur.

– Et la petite fille ?

– Elle est vêtue d'une robe noire à motifs avec des collants blancs.

– Quel âge lui donnez-vous ?

– Je dirais dix ans, mais je ne garantis rien.

– Eh bien nous avons avancé, s'exclame le philosophe : cette dame et sa fille appartiennent à un milieu aisé, vu les vêtements que vous décrivez.

Anna lève les bras au ciel !

– Enfin Michel, redescendez de votre nuage. Le portrait que j'ai dressé peut correspondre à des millions de personnes.

– Quels habits porte l'assassin potentiel ?

Notre invitée soupire :

– Il est vêtu d'un pantalon gris et d'un pull noir.

– Un jean ?

– Non : la coupe est plus élégante. Je pencherais même pour un costume.

– Il appartient à un milieu aisé également. Nous n'avons pas affaire à un cambrioleur ou un bandit de grand chemin. Il s'agit sans doute de son mari.

– Votre supposition est gratuite, proteste la voyante.

– Anna, cette scène se produit-elle dans la rue ou à l'intérieur d'un logement ?

Ma mère a enfin posé la question adéquate, celle qui me tracassait depuis quelques temps. Vraiment que c'est fâcheux que je ne sache pas parler, nous irions plus vite.

– Elle se passe dans une cuisine. Je vois les meubles et le four en arrière-plan.

– Vous avez perçu une violente dispute domestique au sein d'une famille bourgeoise, conclut Michel.

– Peut-être mais votre constatation est sans intérêt, martèle notre invitée. Pardonnez-moi d'être directe : vous brassez du vent !

– Les scènes que vous entrevoyez sont-elles muettes ou sonorisées.

– Cela dépend !

– Et dans ce cas ?

Anna plisse les yeux :

– Il me semble que la femme prononce le prénom « Éric », mais je ne le garantis pas.

– Avez-vous d'autres informations à nous communiquer ?

– Non ! Ma vision est trop brève, elle s'interrompt au bout de quelques secondes.

– Vous voyez ! En vous interrogeant, nous avons fait des progrès.

– N'importe quoi : un micron ajouté à un micron reste une valeur infinitésimale. Vous n'allez pas contacter tous les « Éric » de l'annuaire pour leur demander s'ils ont une femme blonde et une éventuelle petite fille.

– Pourquoi pas ? Nous possédons enfin un début de piste.

– Comptez-vous utiliser l'annuaire pour la France ou celui pour Paris uniquement ? se moque Anna. Une telle recherche serait grotesque.

– Si, comme je le pense, tout est réglé par le fatum, en passant quelques appels par ci par là, nous tomberons rapidement sur les personnes concernées.

– Vous croyez au père Noël ? Nous ne joindrons jamais le bon Éric par ce moyen.

— Faites confiance à la logique du destin.

— Agathe, vous qui avez du bon sens, raisonnez votre ami : il s'apprête à téléphoner à plusieurs Éric sélectionnés suivant je ne sais quel critère pour les interroger : n'ont-ils pas, par hasard, l'intention d'égorger leur épouse. Il va se couvrir de ridicule.

Maman, gênée, est obligée de convenir :

— Appeler au hasard des hommes au motif qu'ils portent le bon prénom me paraît en effet peu judicieux.

J'ai une idée, Ah comment la faire comprendre à ma mère ? Michel marmonne :

— Demain, si nous apprenons qu'un nouveau féminicide vient de se dérouler, et que la victime est la personne que vous avez entrevue, nous nous sentirons coupables.

— De quoi ? rétorque notre invitée véhémente. Nous n'aurons pas tenu le couteau et nous n'avions aucun élément décisif à notre disposition.

Je bondis sur le secrétaire de maman et je renverse le pot où Maman garde ses stylos. Avec ma patte, j'en écarte un que je prends dans ma gueule. Je m'empresse de le déposer au pied d'Agathe. Mais elle ne s'aperçoit pas tout de suite de mon manège. Je dois me frotter contre ses jambes pour qu'elle me prête attention :

— Qui y a-t-il mon cœur ? me demande-t-elle en me caressant la tête.

Je pose la patte sur l'objet que je viens d'amener avant de la retirer aussitôt. Maman le saisit, perplexe.

— Jasmine Catou vient de m'apporter un porte mine. Je ne comprends pas.

— Anna est une portraitiste hors pair, hurle Michel qui a deviné où je voulais en venir. Les caricatures des hommes politiques qu'elle publie dans le Figaro sont criantes de vérité.

— Et alors ?

— Notre amie va nous dessiner une esquisse de la victime et de sa fille. Nous n'aurons pas une photo de la scène, mais presque. Votre chatte est géniale.

Je me rengorge intérieurement. Anna soupire :

— Et après ? Nous n'allons pas nous rendre au commissariat avec cette feuille de papier en demandant à la police de lancer un appel à témoins ! Nous serions mal reçus.

— Une chose à la fois, dessinez d'abord, nous aviserons ensuite. Nous avançons à grands pas. Nous finirons par abattre tous les obstacles qui se dressent devant nous.

Agathe se lève et va chercher un bloc de papier. Anna hésite avant de tracer en quelques coups de crayon le portrait de la dame et de sa fillette, avec en arrière-plan des meubles de cuisine.

— Voilà, j'ai fait de mon mieux. Estimez-vous Michel que nous avons fait une percée décisive ? raille-t-elle.

Le philosophe prend le dessin et l'examine quelques instants.

— Je ne connais pas cette personne. J'ai pourtant l'impression que vu les circonstances particulières de cette vision, cette femme est nécessairement en relation avec l'un de nous trois.

— Vous vous faites des illusions Michel. Pour ma part, je maintiens mon point de vue. C'est une inconnue que nous n'identifierons pas. Ou alors trop tard ! Après le meurtre, comme vous venez de le souligner.

— Au moins, vous pourrez alors décrire le criminel à la police, intervient Agathe.

— Je me vois mal faire une déposition à ce sujet, voyons. Elle n'aurait aucune valeur juridique.

— L'une d'entre vous a-t-elle déjà rencontré cette fille ? insiste le philosophe.

— Je viens de vous dire que non, rétorque Anna excédée.

Ma mère secoue la tête :

— Moi non plus, navrée.

En m'aidant d'une chaise, je saute sur la table pour mieux examiner ce portrait. Ah ! Pour ma part, j'ai déjà vu cette personne, mais où ? Maman aide-moi ! C'est rare que je rencontre quelqu'un sans que tu ne sois présente.

— Michel, avez-vous une autre idée miraculeuse à nous suggérer, se gausse Anna.

Le philosophe baisse la tête. Je connais cette femme, je mettrais ma patte à couper. Mais en quelles circonstances ?

— Et si nous lancions un appel sur une des nombreuses télés du Web ? propose soudain Michel. Nous en trouverons sûrement une qui acceptera de nous relayer pour faire de l'audience !

— Certainement pas, grince Anna. Je ne veux pas passer pour une sorcière ou une folle. Nous ne serions pas pris au sérieux et deviendrons la risée des réseaux sociaux. En outre, c'est inutile, puisque nous ne pouvons pas modifier le futur.

J'ai une illumination ! J'ai identifié l'inconnue. Je saute sur le sol et me mets à faire des cabrioles en miaulant.

— Qu'y a-t-il mon cœur, s'inquiète Maman.

— A-t-elle des informations que nous ignorons ? s'interroge à haute voix Michel.

— Jasmine Catou, messagère du destin, ironise Anna.

Maman, si je connais cette personne, toi aussi. Fouille dans ta mémoire. Comment te mettre sur la bonne piste ? Cela y est : j'ai une idée. Je file dans la cuisine et trouve le tube de crème que ma mère a utilisé contre mon allergie. Je le prends dans ma gueule et l'amène dans le salon.

— Pourquoi une pommade ? s'interroge Michel.

Maman fait signe qu'elle ne comprend pas non plus où je souhaite en venir. Fais un effort, Agathe ! Rappelle-toi ; je suis à bout de ressources.

— Ce médicament vous est-il destiné ? demande Anna.

— Non, il a été prescrit pour ma minette.

— Jasmine voudrait-elle attirer votre attention sur une vétérinaire ? propose Michel.

Ma mère sursaute et reprend le dessin pour mieux l'examiner.

— Elle était coiffée différemment en chignon. Elle m'a été envoyée par *Sos animaux* un dimanche où j'ai trouvé une plaque rouge sur le ventre de ma chatte. Je m'étais affolée.

— J'étais sûr que l'un d'entre nous était en relation avec cette personne, triomphe le philosophe.

— Ne jouez pas au Demiurge, s'insurge Anna. N'essayez pas de modifier le futur. Les conséquences seraient terribles.

— Connaissez-vous son nom ? interroge Michel.

— Non, elle n'est pas ma vétérinaire habituelle.

— Avez-vous gardé l'ordonnance qu'elle vous a remise ?

— Attendez !

Elle s'en va dans la cuisine où je la suis. Elle fouille dans le vide-poches, consulte plusieurs papiers avant de revenir dans le salon avec une feuille

— Voilà, mais elle a biffé le nom du titulaire pour le remplacer par le sien ; hélas son écriture est illisible

Le philosophe prend le feuillet et l'examine avec soin

— Sarah Bourdon ? Ou Sylvie Barloff ?

— Eh bien, vous êtes peu précis, raille Anna

— Et vous ? Arriverez-vous à déchiffrer ce graffiti ? demande Michel en lui tendant l'ordonnance

Elle la prend avec réticence et après un rapide examen conclut :

— C'est trop mal écrit ! Le futur se protège, affirme-t-elle sentencieusement Il fait en sorte qu'on ne puisse en aucun cas le changer

— Ne soyez pas si superstitieuse, ma chère Anna.

— Je suis juste réaliste.

— Nous avons fait une bonne part du chemin. Cela n'aurait aucun sens que nous restions bloqués dans une impasse après avoir déblayé tant d'obstacles. Agathe, si vous appeliez votre *SOS médecin* pour chiens et chats ?

— Bonne idée.

Maman tape sur son clavier et porte son smartphone à l'oreille :

— *Sos animaux*. Je suis Agathe Boulay. Le dimanche de la semaine dernière, vous avez envoyé à mon domicile le docteur Bourdon ou Barloff, je n'arrive pas à lire son nom. Elle est blonde et a des cheveux longs. Elle a environ quarante ans. Je voudrais la joindre.

— ...

— Ah vous ne voyez pas de qui il s'agit ? Avec mon nom ou mon adresse vous n'arriverez pas la retrouver ?

— ...

— D'accord, vous n'avez pas accès à ce genre d'archives ?

– …

– Vous ne pourriez pas joindre un responsable ? C'est une question de vie ou de mort !

Anna a un haut-le-coeur et proteste en levant les bras. Michel s'approche de Maman et lui murmure quelque chose à l'oreille.

– J'ai peur que le docteur ne coure un très grand danger et je souhaite la prévenir.

– …

– C'est un peu particulier, mademoiselle. Je préfère m'expliquer avec elle de vive voix.

Michel s'énerve à côté de ma mère.

– Son mari ou son compagnon s'appelle peut-être Éric, mais sans garantie.

– …

– Sibylle Barton ? Vous auriez son portable ?

– ….

– Ah vous ne donnez pas les coordonnées de vos collaborateurs. Je comprends, mademoiselle, merci beaucoup.

Michel a consulté son téléphone. Il donne un numéro commençant par zéro et sept.

– Son cabinet est situé à Neuilly sur Seine. Vu l'heure, elle a peut-être commencé ses consultations de l'après-midi. Enfin si elle n'a pas été tuée depuis.

Maman compose sur son clavier le numéro donné par le philosophe, mais Anna bondit sur elle :

– Arrêtez ! Ne commettez pas de sacrilège.

Michel fronce les sourcils :

– Le mot que vous venez d'employer est excessif ! Nous n'allons pas violer des lois divines.

– C'est une façon de parler : vous n'avez pas le droit de modifier l'avenir. Si vous téléphonez à cette vétérinaire, si vous arrivez à la convaincre de se méfier de son conjoint et si pour finir elle n'est pas assassinée alors qu'elle aurait dû l'être, vous bouleverserez le monde. Les résultats de cette inflexion du destin seront incommensurables et catastrophiques.

– Les choses ne seront ni meilleures ni pires, seulement différentes, proteste Michel.

– Et nous aurons sauvé une vie, tranche Maman.

Elle s'éloigne de la voyante et compose à nouveau le numéro. Anna est blême, elle serre ses mains au point que les jointures de ses doigts sont blanches.

– Je suis bien au cabinet du docteur Barton ?

– ....

– Est-elle en consultation ?

– ...

– Pouvez-vous lui demander de prendre l'appel ?

– ...

– Ah c'est impossible. Vous l'avertirez de mon message téléphonique ?

– ...

– C'est très important. Je compte sur vous. Essayez de la convaincre de me rappeler rapidement.

Elle donne son numéro de portable avant de raccrocher.

– Elle n'a pas été assassinée, enfin pas encore, mais elle est difficilement joignable. Son assistante fait barrage.

– C'est normal, l'excuse Anna. Elle doit s'occuper en priorité de ses patients à quatre pattes.

– Je n'ai pas osé laisser un message plus précis. La secrétaire m'aurait prise pour une cinglée. Déjà que je ne sais pas comment je raconterai mon histoire à madame Bardon si par miracle, elle me téléphone !

— Expliquez-lui que vous avez eu connaissance d'une vision d'une voyante confirmée, propose Michel. Rapportez-lui la scène sans rien omettre. Demandez-lui si elle a bien une petite fille autour des 10 ans, décrivez les vêtements aperçus par notre amie. Grâce à cette accumulation de détails vous la convaincrez.

— Pff ! Tout cela lui paraîtra invraisemblable quelles que soient les précautions que vous prendriez, maugrée la voyante.

L'attente se prolonge ; personne ne parle et l'atmosphère est pesante. Enfin, la sonnerie du smartphone d'Agathe retentit.

— Je n'ai rien compris à votre appel, de quoi s'agit-il ? demande une voix hostile.

Maman a branché le haut-parleur pour que nous entendions la conversation. Ma mère se lance dans un récit confus en évoquant Anna et ses prédictions.

— Abrégez ! J'ai des clients qui m'attendent.

— Une voyante qui ne s'est jamais trompée vous a vu menacée par un nommé Éric tenant un couteau à la main alors que vous êtes dans une cuisine à côté d'une petite fille de 10 ans. Vous étiez vêtue d'un pantalon bleu et d'un chemisier blanc...

Elle a parlé à toute vitesse. Le docteur Barton lui coupe la parole en éclatant de rire :

— Étiez-vous chez moi, il y a une demi-heure ? Mon conjoint qui se prénomme effectivement Éric, tenait son couteau bizarrement. Je lui ai expliqué qu'il pouvait blesser notre fille par maladresse.

Elle s'esclaffe à nouveau :

— C'est vraiment trop drôle ! Me déranger pour cela, c'est… ridicule.

— Je suis navrée, bredouille Maman en coupant la conversation.

— Vous auriez dû lui demander quelques précisions, sur la cuisine, sur les habits de la petite et du mari la morigène Michel. Pour pouvoir comparer avec les indications données par Anna.

— J'étais gênée : nous avons confondu un crime avec une scène ordinaire de la vie d'une famille. Remarquez : tant mieux.

— Vous avez noté ? assène Anna. Vous avez joint la protagoniste d'une de mes visions, *après* que la scène entrevue ne se soit déroulée. J'avais donc raison : en aucun cas, nous ne pouvons modifier l'avenir

— Notre obstination à identifier les acteurs de votre flash était justifiée, se défend le philosophe. Nous devions le faire au moins une fois, pour en avoir le cœur net. Vous en savez ainsi plus sur votre don.

— Mais non : je n'ai rien appris de nouveau.

— Pourtant, rien n'est arrivé par hasard, s'entête Michel Vous avez eu une vision en notre présence ; elle concernait une personne connue de notre hôtesse. Ce ne sont pas des coïncidences. Le destin l'a fait exprès. Nous avons mené une expérience concluante.

Je me frotte aux jambes de Maman. Je trouve qu'on oublie mon rôle dans cette affaire, alors qu'il est essentiel.

— Et ma chatte a été formidable, insiste Agathe

Miaou ! Vous ne trouvez pas que je suis une sorte de super-héros ? Moi si et je vais prendre pour nom, super Jasmine. Je plaisante bien sûr. Je ne suis pas prétentieuse.

# La recette

# La recette

Allongée voluptueusement sur l'étagère la plus élevée de l'appartement, celle qui jouxte le plafond et la fenêtre du salon, je regarde les oiseaux voleter dans la cour. Je rassure les âmes sensibles, je ne nourris pas de noirs desseins envers ces volatiles, je ne rêve pas de les croquer entre mes dents. Je ne suis pas sanguinaire, tout au plus les courserais-je pour le sport si par le plus grand des hasards, je prenais un bain de soleil dehors. Mais je suis une chatte d'intérieur. Je quitte rarement notre petit appartement et uniquement pour me rendre dans des studios d'enregistrement ou pour participer à des manifestations où ma présence est indispensable.

Un coup de sonnette strident m'arrache à mes songes éveillés. Je suis paresseuse aujourd'hui, je reste sur ma planche alors que d'ordinaire je me précipite au-devant de nos visiteurs.

– Connaissez-vous la mauvaise nouvelle ? maugrée la nouvelle venue en brandissant un journal, sitôt qu'Agathe l'eut introduite dans notre salon.

– Je ne pense pas ! Que se passe-t-il donc, Marlène ?

Cette dame a publié un livre à succès, *les recettes commandos* où elle propose de maigrir en un mois. Elle parle d'expérience : elle est une ancienne obèse. La couverture de son livre présente deux de ses photos : la première a été prise alors qu'elle pesait plus de cent kilos, la seconde, plus récente, montre une jeune femme svelte et souriante.

Beaucoup de concurrents de Marlène promettent aux personnes en surpoids des résultats aussi spectaculaires, mais la cliente de Maman joue sur un autre tableau : ses recettes sont succulentes, dignes d'un grand chef et surtout faciles à réaliser.

— *Le petit lutétien* a révélé la composition de mon Tiramisu aux framboises. Lisez !

Maman prend la feuille que sa cliente lui tend et consulte rapidement l'article. Elle se mordille les lèvres de contrariété :

— Vraiment ennuyeux, admet-elle en rendant le journal. Maintenant tout dépendra de la façon dont *Femme libérée* réagira.

Ce magazine doit publier après-demain une interview exclusive de Marlène avec comme cadeau aux lecteurs la fameuse recette du tiramisu. Celle-ci fait partie du tome deux du livre de notre cliente et l'entretien avec *femme libérée* devait lancer la campagne de promotion de ce second opus.

— Si je tenais l'informateur du *petit lutécien*, il passerait un sale quart d'heure, grommelle Marlène.

Elle a un naturel éruptif. Maman a dû par le passé gérer plusieurs de ses colères. Heureusement, le plus souvent elle se calme rapidement.

— Je vais me renseigner, promet Agathe sur un ton apaisant. Je connais très bien un des journalistes de cet hebdomadaire.

Le contact de ma mère s'appelle Olivier. Nous l'invitons régulièrement à déjeuner dans notre petit appartement. Il est venu vendredi soir à la demande d'Emmanuel, l'amant d'Agathe qui souhaitait le rencontrer. Emmanuel a pris le contrôle d'un tour opérateur spécialisé dans les voyages de luxe en Asie. Il s'est mis en tête de proposer un marché à un journaliste : un séjour de rêve dans un palace de Singapour en échange d'un reportage dithyrambique de deux pages dans son quotidien, de la publicité qui ne dirait pas son nom, puisque l'article aurait l'apparence de l'objectivité.

Ma mère n'a organisé ce dîner qu'avec réticence. Elle n'appréciait pas de servir d'intermédiaire pour ce qu'elle qualifiait en plaisantant de tentative de corruption. Elle estimait surtout que ni Olivier ni aucun de ses confrères ne serait intéressé par cette proposition et redoutait de perdre un peu de crédit dans ces contacts infructueux. Elle avait raison : Olivier a poliment décliné l'offre.

— Marlène, avez-vous interrogé votre éditeur ?

— Pas encore. Mais je doute que la fuite vienne de lui. Il prend toutes les précautions possibles pour garder le secret. Le livre ne sera imprimé qu'au dernier moment, en fin de semaine.

— Contactez-le quand même. On ne sait jamais. De mon côté, je vais sonder avec tact *femme libérée*, assure Agathe. Vous leur avez envoyé votre recette vendredi matin. Un traître dans la rédaction a pu par la suite la revendre au *petit lutécien*.

— Vous croyez vraiment qu'un journaliste prendrait un tel risque et mettrait sa carrière en danger pour recevoir les trente deniers de judas ?

— Je ne pense pas à un titulaire, mais à un stagiaire ou à un correcteur payé au lance-pierres, à quelqu'un qui n'aurait pas grand-chose à perdre. On ne se méfie jamais assez de ces collaborateurs occasionnels ; ils font partie du décor ; on les croit inoffensifs alors qu'ils ont accès à des informations sensibles.

– Donc selon vous, insiste Marlène, il faudrait chercher en priorité du côté de *femme libérée* ?

– C'est une piste à creuser avec celle de votre éditeur en tout cas. Je vais mener ma petite enquête et je vous tiendrai informée des résultats que j'aurais glanés.

Une énigme à résoudre ? Miaou, je sens qu'on va avoir besoin de mes services.

– Je vais également m'attacher à réparer les dégâts et à sauver notre campagne de promotion, ajoute Maman.

Après l'immense succès du premier tome des *recettes commandos*, le public attend avec impatience le second opus. Maman a mis sur pied une stratégie pour exacerber ce désir et attirer l'attention sur Marlène. Elle a prévu toute une série d'articles dont celui de *femme libérée* était le point d'orgue.

– C'est-à-dire ? Vous pensez que cette fuite pourrait avoir des conséquences ?

– Je ne voudrais pas vous inquiéter, mais je redoute que *femme libérée* ne renonce au grand article vous présentant, puisqu'ils n'ont plus l'exclusivité de votre recette de Tiramisu aux framboises. Nous aurions alors gagné un papier dans un média à l'audience restreinte au détriment d'un autre qui touche un plus large public.

Marlène pâlit :

– Mon Dieu !

– Je ferai le maximum pour vous éviter ce désagrément, je vous le promets.

Je descends de mon poste d'observation pour regagner le salon. Ce n'est plus le moment de musarder. Un doute me tracasse et je suis sûre que Maman le partage. Nous allons devoir tirer les choses au clair.

— Je ne vais pas vous ennuyer plus longtemps alors et je vais vous laisser travailler, murmure notre cliente défaite. Au revoir Agathe.

— Bonne journée malgré tout. Je me battrais comme une lionne pour vous, soyez en sûre.

Réconfortée par ces paroles martiales, Marlène sort et nous entendons ses talons claquer sur le vieil escalier. Dès que sa cliente s'est suffisamment éloignée, Agathe téléphone à Armelle :

— Tu es chez toi ?... Tant mieux ! Viens vite me rejoindre ! J'ai besoin de tes lumières, car je rencontre un souci majeur…Ok ! À tout de suite.

En attendant l'arrivée de son amie, ma mère ouvre son ordinateur et au vu de de l'écran je pense qu'elle contrôle ses mails. Elle nourrit probablement les mêmes doutes que les miens. Elle éteint son Pc et envoie un sms en tapant rageusement sur les touches. Elle guette la réponse en gardant les yeux sur l'écran de son smartphone. Un coup de sonnette l'interrompt. Déjà ! Armelle a couru pour parcourir si vite la distance séparant nos deux appartements. Je sais bien qu'ils sont proches, mais quand même. Lorsque Maman va ouvrir à Armelle, je me frotte contre ses jambes pour marquer ma solidarité.

— Quel drame vient de se produire ? lui demande moqueuse notre visiteuse. Le ton de ta voix était vraiment bizarre.

Agathe commence par lui résumer la situation. Armelle semble amusée :

— Ton affaire est ennuyeuse certes, mais ce n'est pas la fin du monde loin de là. Pourquoi paniques-tu à ce point ?

— Je dois savoir qui a fourni la recette au *petit lutécien.*

– Le démasquer n'a guère d'intérêt. Ce qui est fait est fait. Cherche plutôt à réparer les conséquences de cette publication précoce.

Maman se mord les lèvres :

– J'ai un doute, Armelle : je me demande si Emmanuel ne m'a pas trahie.

– Pourquoi dis-tu cela ?

– Tu te souviens qu'il m'a demandé de lui faire rencontrer Olivier, le directeur de la rédaction du *petit lutécien* ?

– Bien sûr ! Tu m'en as parlé toute la semaine dernière, tu m'as répété que ce repas t'ennuyait, que tu redoutais qu'après ce dîner, Olivier ne soit moins bien disposé à ton égard.

– Comme je m'y attendais, il n'était absolument pas intéressé par la proposition d'Emmanuel. Celui-ci est trop ladre. Il veut obtenir son article sans délier sa bourse. La plupart des journalistes se prétendent incorruptibles, mais pour certains d'entre eux, ce n'est qu'une manière de faire monter les enchères.

– D'accord et après ?

– Une fois qu'il a rejeté le marché, Olivier a évoqué avec insistance le second tome des *recettes commandos*, il savait que je m'occupais de la promotion.

– Tu devais être contente ! Ton but n'est-il pas d'intéresser la presse ?

– D'habitude, j'ai beaucoup de mal à décrocher des articles pour mes poulains et je suis ravie d'obtenir une critique même mitigée. Mais pour Marlène, c'est le contraire : je suis assaillie par les journalistes et je dois trier les demandes d'interviews ; pour l'amadouer, j'ai promis de donner à Olivier un entretien exclusif que j'aurais rédigé. Après tout le lectorat du *petit lutécien* n'est pas à négliger. Cependant, il voulait plus ; comme nombre de ses confrères il désirait que je lui fournisse une recette exclusive. Je lui ai expliqué que c'était impossible, que nous n'en publierons qu'une.

— Il l'a eu pour finir.

— En la volant.

— Ne dit-on pas : la fin justifie les moyens. Il a réussi son coup. Tant mieux pour lui. Tu ne vas pas lui faire un procès pour cela.

— Bien sûr que non ! Le problème n'est pas tout là : j'ai peur qu'Emmanuel ne m'ait dérobé la recette pour l'envoyer à Olivier.

— Ton accusation est grave. Existe-t-il des éléments concrets qui appuient tes soupçons ?

— Il est venu chez moi ce week-end. À un moment, je suis allée aux toilettes et quand je suis revenue, il s'était permis d'ouvrir mon ordinateur portable.

— Il contenait la recette ?

— Oui j'avais reçu le matin même le texte de l'interview de *femme libérée*. La journaliste qui l'a écrite a eu la courtoisie d'accepter que nous contrôlions son article avant publication.

— As-tu exigé des explications de la part d'Emmanuel ?

— Bien sûr, j'étais furieuse qu'il utilise mon ordinateur sans m'avoir demandé au préalable l'autorisation. Il était embarrassé, a bredouillé de vagues excuses, m'a raconté une histoire sans queue ni tête : il voulait soi-disant vérifier sur Wikipédia le nombre de musulmans habitant Singapour.

— Il vit la moitié du temps dans cette ville. C'est normal qu'il s'intéresse à elle.

— Au point d'avoir besoin de ce renseignement le samedi à vingt-deux heures ? À d'autres !

— Savait-il que ton ordinateur portable contenait cette fameuse recette ?

— Aucune idée. En tout cas, je ne lui en ai pas parlé.

— Remarque, il a pu fouiller dans tes dossiers pour le cas où et il a touché le jack pot. Que comptes-tu faire ? Rompre avec ton amoureux ?

— Bien entendu s'il est coupable !

— Toute la question sera de savoir s'il l'est.

— En effet et je compte sur toi pour m'aider à découvrir la vérité. J'ai ordonné à Emmanuel de passer promptement chez moi. S'il obtempère comme je m'y attends, nous le passerons sur le gril.

Le smartphone de ma mère bipe ; Agathe consulte son sms et annonce :

— C'est ce que je te disais. Emmanuel sera là dans un gros quart d'heure

— Et si tu le larguais sans mener d'enquête ? Ne laisse pas passer cette occasion en or de rompre si tu es fatiguée de lui.

— Non ! Je tiens encore à lui.

— Vu la façon dont tu m'en parlais ces derniers temps, j'avais l'impression que tes sentiments s'étaient nettement refroidis.

— Il m'agace parfois, c'est vrai, mais je le garde s'il n'a pas transmis la recette.

— Et si, comme c'est probable, nous n'arrivions pas à conclure dans un sens ou un autre, que feras-tu ?

— Je n'en sais rien ! J'espère que nous pourrons trancher et c'est pour cette raison que je t'ai demandé de venir. À deux, nous serons plus efficaces que si j'étais seule. En attendant, je vais téléphoner à Olivier du *petit lutécien*. Je branche le haut-parleur pour que tu entendes notre conversation.

Le journaliste ne décroche pas au premier appel, mais ma mère insiste et Olivier finit par répondre :

— Oui, Agathe.

— Dis-moi, faux jeton, comment t'es-tu procuré la recette ?

— Je t'oppose le secret des sources, bien sûr.

— Tu me mets en difficulté.

— Navré, tu es une victime collatérale. Mais je te promets de compenser et de présenter plusieurs de tes auteurs dans les colonnes du *petit lutécien*.

— Est-ce Emmanuel qui t'a envoyé le document ?

Le journalise ne répond pas immédiatement.

— Quelle drôle d'idée ! finit-il par bredouiller.

— Écoute, Olivier, tu as remporté une manche. Je suis bien obligée de tourner la page, puisque je ne peux rien faire d'autre. Mais pour des raisons personnelles j'ai besoin de savoir si Emmanuel est mêlé à cette affaire ou pas. Réponds je t'en prie à ma question par « oui » ou par « non »

— Je n'entre pas dans ton jeu Agathe. Encore une fois, la protection des sources est capitale pour les journalistes. Nous n'obtiendrons plus aucun tuyau si nous livrons le nom de ceux qui nous renseignent.

— Si tu m'avais dit « non, Emmanuel n'est pas mon informateur, tu n'aurais pas violé ton fameux secret des sources.

— J'estime que si.

— Bon, je présume que je n'obtiendrais rien de toi aujourd'hui.

– Désolé, mais encore une fois je te promets de compenser le tort que je t'ai fait !

Attends avant de raccrocher Maman ! Tu dois l'interroger sur un point important. Mais comment te le faire comprendre ? J'ai une idée : je saute sur l'étagère et bouscule une statuette ramenée de Singapour par l'amoureux de ma mère. Celle-ci me regarde avant de hocher la tête. Elle a compris le sens de mon intervention.

– Je te pose une dernière question dont j'aurai tôt ou tard la réponse en lisant le *petit lutécien* : vas-tu publier un pseudo-reportage sur le palace d'Emmanuel ?

Nous entendons nettement Olivier soupirer dans le combiné :

– Oui.

– Vendredi soir tu as refusé de le faire.

– Depuis, les choses ont changé.

– As-tu versé son salaire à un traître ?

– D'autres éléments ont pu entrer en ligne de compte.

– Sois précis : « ont pu entrer » ou « sont entrés ».

– La première bien sûr ! Tu ne m'auras pas avec un piège aussi grossier. Et puis ce n'est pas à moi de t'en dire plus ! Vois avec ton copain.

– J'ai l'intention de le faire, marmonne Maman en raccrochant.

Je suis perplexe. Nous sommes toujours dans le brouillard.

– Je trouve étrange ce revirement d'Olivier, maugrée Agathe.

– Emmanuel a peut-être revu sa position après le repas et cassé sa tirelire, le défend Armelle

– Ou alors il a trouvé la marchandise idéale à échanger.

La sonnette retentit.

— Il arrive, hurle Maman. Laisse-moi parler, mais si tu as une question à poser, n'hésite pas !

De mon côté, si je découvre une piste qui vous échappe je m'efforcerais comme de coutume d'attirer votre attention sur elle. Quand Emmanuel entre chez nous, il paraît de bonne humeur. Il essaye de déposer un baiser sur les lèvres de ma mère, mais celle-ci se dérobe et présente sa joue.

— Que se passe-t-il, ma chérie, demande-t-il après avoir embrassé Armelle. Pourquoi devais-je venir chez vous toute affaire cessante ?

Maman et lui se voussoient, excepté quand Agathe est en colère contre lui.

— Selon Olivier, *le petit lutécien* va publier un article sur votre palace.

— En effet. Et alors ?

— Quel prix avez-vous payé pour faire changer d'avis Olivier ?

— Nous avons trouvé un arrangement profitable pour les deux parties. Mais pourquoi me demandez-vous des comptes à ce sujet ?

— Avez-vous transmis à Olivier la recette du tiramisu à la framboise de Marlène Gliber ?

— Que vient faire ici ce gâteau ? Je ne comprends rien.

— Je vais mettre les points sur les i pour que tu ne puisses plus te retrancher derrière des arguments faciles, genre « Je ne saisis pas ». Samedi tu as fouillé dans mon ordinateur et mardi *le petit lutécien* publie la recette du tiramisu alors qu'elle ne lui était pas destinée. Aussi je m'interroge.

— Bref, vous m'accusez !

– Non ! Si je vous pensais coupable, vous n'auriez plus le droit d'entrer chez moi. Ma religion n'est pas faite.

– Ma chérie, vous me peinez ; comment pouvez-vous douter de moi à ce point ? Je suis content que ce publi-reportage paraisse, mais il n'était pas pour moi un objectif essentiel : je n'allais pas mettre en danger notre relation pour si peu.

Hum il marque un point. Il me donne l'impression d'être sincère. Pourtant, Maman ne semble pas convaincue.

– Pourquoi alors as-tu fouillé dans mon ordinateur portable ? Ton histoire de musulmans habitant Singapour n'a aucun sens.

Il se crispe et baisse la tête.

– La batterie de mon smartphone était déchargée. J'avais besoin de consulter mes mails de toute urgence, car j'attendais un devis pour une réparation urgente dans mon hôtel de Singapour.

– Me prenez-vous pour une gourde ? Il y a cinq heures de décalage avec cette ville. Quel artisan travaillerait la nuit de samedi à dimanche pour fixer son prix ?

– Je lui avais demandé ses tarifs juste avant de venir chez vous, mais il allait à une soirée. Il m'avait promis d'établir son devis en revenant. Je devais prendre rapidement une décision si je ne voulais pas que les dégâts s'aggravent et j'avais mis deux professionnels en concurrence.

– Et pourquoi ne m'as-tu pas demandé l'autorisation de te servir de mon PC ?

– J'avais peur que vous ne m'en refusiez l'accès. Combien de fois m'avez-vous reproché de jeter un coup d'œil à mes sms et mails d'affaire alors que je suis avec vous. Pour éviter toute querelle inutile, j'ai donc tenté de consulter ma boîte à lettres électronique pendant que vous vous étiez absentée ; hélas, j'ai été pris la main dans le sac. Enfin Agathe je ne comprends rien à votre histoire de recette. Quelle importance que *le petit lutécien* la publie ?

— Je suis en porte à faux avec le magazine à qui elle était destinée. Et si je ne suis plus considérée comme fiable, les contrats risquent de se raréfier. Le milieu où j'évolue est étroit : tout le monde se connait et s'observe.

— Pourquoi seriez-vous mise en cause ? J'ai l'impression que vous ne vous affolez pour rien.

— Je serais tenue pour responsable si vous avez fourni l'information à Olivier. On pensera que j'étais de mèche avec vous.

— Rassurez-vous. Je ne suis pas mêlé à cette affaire.

— Agathe, intervient Armelle. Téléphone à la journaliste de *femme libérée*. Après tout, quelqu'un là-bas a pu vendre la mèche ; tu as toi-même évoqué cette piste avec celle de l'éditeur devant moi tout à l'heure.

— Vous avez tout à fait raison, Armelle, l'appuie Emmanuel.

— Prend-la de haut pour te dédouaner, conseille notre amie. Feins la colère. Accuse un collaborateur de ce magazine d'être à l'origine de la fuite même si tu n'as aucune preuve. Mords pour ne pas être mordue.

Agathe hausse les épaules avant de sortir son smartphone :

— Allo, Martine. Avez-vous démasqué le renégat au sein de votre rédaction ? Ma cliente est furieuse … Oui poursuivez votre enquête. De toute façon votre intérêt est de démasquer au plus vite cet espion avant qu'il ne cause d'autres dégâts… Vous désireriez une autre recette pour remplacer le tiramisu ? Vous me prenez de court ! Je vais consulter Marlène, mais il est hors de question qu'on la retrouve dans un autre média la vieille que votre journal paraît ! Nous aurons besoin de garanties de votre part… D'accord je compte sur vous. À bientôt.

Quand Maman a raccroché, Armelle fait mine de l'applaudir :

— Bravo, tu t'es bien débrouillée. Tu as réussi à la mettre sur la sellette

Agathe maugrée :

— Mon problème s'arrangera sans dommage pour moi sauf si, pour finir, le bruit court qu'Emmanuel a vendu la recette.

— Je ne vous permets pas Agathe ! Vos soupçons sont blessants à la fin.

— Je vous repose ma question : qu'avez-vous offert en échange à Olivier ?

Il soupire :

— Je vais vous le dire puisque je n'ai pas le choix : il séjournera tous frais payés une semaine au Grand Hôtel de Biarritz avec son amie. Il a décliné Singapour. La note est salée, mais j'espère que les retombées seront positives.

— Comment te croire ?

J'aurais bien une idée ; j'essaye d'envoyer par télépathie un message dans l'esprit de ma mère.

— J'en ai assez Agathe. Vous dépassez les bornes.

Maman, ne te ferme pas à mes suggestions !

— Mes doutes sont légitimes, n'est-ce pas Armelle ?

— Tu as le droit de te poser la question en effet.

Emmanuel est visiblement furieux, mais ne répond rien. La télépathie ne marche absolument pas. Comment faire ? Je m'approche de l'ordinateur portable de Maman, pose une patte sur le clavier et me mets à miauler.

— Ta chatte aurait-elle une idée, s'interroge Armelle.

— C'est en rapport avec mon P.C, on dirait.

— As-tu vérifié si Emmanuel a envoyé un mail à Olivier depuis ton ordinateur ?

— Oui avant que tu n'arrives. Je n'ai rien trouvé. Mais cela ne prouve rien, il a pu tout effacer et vider la corbeille électronique.

— Désolée Jasmine Catou, pour une fois tu nous indiques une piste qui ne mène rien.

Mais non Armelle, vous ne me comprenez pas. Ah quel dommage que je ne sache pas parler.

— Emmanuel montre-moi les messages que tu as échangés avec Olivier.

Voilà Maman tu as enfin saisi mon message !

— Il n'en est pas question, fulmine Emmanuel.

— Si tu es innocent, tu n'as rien à craindre.

— Je refuse par principe, tempête l'amant de ma mère. J'exige que vous me fassiez confiance.

— Si tu me caches tes mails, j'en conclurais que tu es coupable.

— À prendre ou à laisser, Agathe. Ou vous me croyez sur parole ou…

Il ne précise pas sa menace, mais nous comprenons tous ce qu'il sous-entend.

— Tant pis, je laisse !

Emmanuel se décompose. Il tourne les talons et sort en claquant la porte.

— Bon débarras, marmonne ma mère.

Armelle semble ennuyée.

— Sa colère n'était pas feinte, remarque-t-elle.

– S'il était innocent, il m'aurait permis de vérifier ses messages électroniques. Je suis certaine qu'il a volé la recette de Marlène.

– J'espère que tu ne regretteras pas son départ.

– Il n'y a aucun risque.

La sonnerie du téléphone de ma mère retentit. Elle décroche :

– Oui… Oui…Tant mieux… Je vous remercie de m'avoir prévenue.

Quand elle raccroche, sa mine est déconfite. Elle jette de rage son smartphone sur le canapé du salon

– C'était la journaliste de *femme libérée*. Ils ont localisé l'origine de la fuite : elle vient de leur imprimeur.

Aie !

– Rappelle immédiatement Emmanuel, ordonne Armelle.

– Trop tard ! Que veux-tu que je lui dise ?

– Essaye.

– Non.

Hum, elle va camper sur ses positions malgré les suggestions de son amie. Je la connais. Elle se montre parfois têtue. Je dois intervenir pour arrondir les angles, car plus le temps passera, plus il sera difficile de recoller les morceaux. Je m'approche du smartphone d'Agathe. Oh que c'est compliqué ! Je dois vraiment faire patte de velours comme disent les humains. À moins que j'appuie avec ma griffe ? Oui de cette façon j'y arrive. Tiens ! On sonne déjà ? Maman traîne les pieds pour aller jusqu'à l'interphone et grommelle, mécontente :

– Oui.

– C'est moi, bredouille la voix d'Emmanuel. Vous m'avez appelé. Je peux monter ?

– Non, mais …

Tenant le smartphone de ma mère dans la gueule, je vais me frotter contre ses jambes.

– Grimpez !

Elle lui ouvre la porte extérieure.

– Armelle crois-tu que Jasmine a pu téléphoner à Emmanuel ?

– Ta chatte est géniale, mais pas à ce point !

Vous me sous-estimez Armelle ! Ma mère a placé sur son écran un bouton spécifique lui permettant d'appeler son amant. Je n'ai pas eu aucun mal à appuyer sur lui en utilisant ma griffe. Emmanuel est tout penaud. Il tient son smartphone à la main et le tend à Agathe.

– J'attendais dans votre cour. J'étais malheureux, j'hésitais à vous téléphoner. Heureusement que vous l'avez fait à ma place.

– Inutile. Je ne regarderai pas vos mails. J'avais tort d'insister. Je vous prie de me pardonner mon manque de confiance.

– C'est moi. Comme l'a souligné Armelle, vos doutes étaient légitimes.

– Je vais vous laisser, sourit l'amie de Maman.

Elle s'éclipse sur la pointe des pieds. Je l'imite en me réfugiant dans la salle de bains. Je grimpe sur une étagère pour reprendre ma sieste interrompue. Je l'ai bien mérité, vous ne trouvez pas ?

# Covid 19

Je m'étire voluptueusement sur notre canapé, en m'efforçant de reproduire au mieux une posture présentée dans l'émission de télévision, *le chat, son maître et le yoga*. Je me sens bien, détendue. Je savoure pleinement l'instant présent et le rayon de soleil qui réchauffe mon ventre. Ah ! Maman s'approche de moi en souriant. Ma récréation est terminée, je crois ; elle me saisit et m'affuble d'un drôle de masque, un cône blanc, avant de me porter jusqu'à ma cage de transport. Je savais que je devais sortir ce matin, mais ce déguisement ridicule me surprend et m'exaspère. Ma mère m'a avertie hier que nous étions attendues aujourd'hui dans un studio d'une radio parisienne pour présenter *Les enquêtes de Jasmine Catou*, le livre dont je suis l'héroïne. Heureusement, les auditeurs ne me verront pas si on excepte ceux qui suivent l'émission sur Internet. Ceux-là se moqueront de moi. L'animateur estime que ses invités se livreront d'autant mieux en présence d'un animal et, malgré mes réticences à quitter le havre de notre appartement, je pensais jusque-là qu'il avait raison. Mais si cet accoutrement est obligatoire pour accéder au studio, je refuse de m'y rendre ! Foi de Jasmine Catou !

Je m'agite derrière les barreaux et j'essaye de retirer le masque avec mes pattes, si bien que Maman doit me sortir quelques instants pour me caresser et m'apaiser.

— Je sais, mon cœur : tu es gênée par ce bout de papier, mais il n'est là que pour te protéger du virus.

Maman, voyons ! Je suis une chatte. Je ne risque absolument pas d'attraper ou de transmettre la maladie. Tu n'as pas pris au sérieux ce reportage que nous avons vu à la télévision sur ce chien de Hong Kong testé faiblement positif au Coronavirus, j'espère ! Je tourne la tête pour signifier à Agathe mon mécontentement : son idée est vraiment grotesque.

– Pardon, ma chérie, mais Augustin l'animateur a imposé le port du masque à tous ses invités y compris aux deux animaux présents.

Parce qu'en plus, je ne serais pas la seule créature à quatre pattes à participer à cette émission ! Je devrais partager la vedette ? Maman s'est bien gardée de m'en informer de cette cohabitation qui change tout.

Elle me remet dans la cage et s'apprête à son tour. J'ai envie de m'esclaffer en la voyant ainsi harnachée, avec ce papier blanc qui couvre sa bouche, avant de me renfrogner. Je dois moi-même prêter à rire.

Nous partons pour le studio de *Radio Tour Eiffel*. D'après ce qu'a expliqué Agathe à son amie Armelle par l'intermédiaire du téléphone – elles n'ont plus droit de se rencontrer depuis lundi dernier– Augustin, l'animateur, se gargarise d'être entré en résistance contre la quarantaine ; il essaye de maintenir une grille de programmes proche de la normale. Maman a beaucoup hésité avant d'accepter son invitation, mais elle a choisi d'y aller par conscience professionnelle. Elle estime de son devoir de promouvoir son auteur qui a su mettre en musique mes exploits. C'est aussi sa contribution au maintien du moral des confinés puisque la lecture est l'une des dernières activités permises aux humains avec la télévision, la radio et Internet. J'espère que, pour la récompenser de s'être déplacée malgré les risques, nous gagnerons la sympathie d'un large public.

Nous grimpons à l'arrière du taxi qui nous attendait au bas de chez nous. Je suis d'abord amusée par le spectacle d'Agathe ouvrant la portière de la Mercédès avec la manche de son manteau, avant de me reprocher mon ironie : la situation est suffisamment grave pour qu'on prenne le maximum de précautions. Je dois arrêter d'être sarcastique ; tout n'est pas prétexte à moqueries.

Paris est vide. Alors que d'ordinaire les rues sont encombrées, que des travaux ralentissent la circulation, nous ne mettons que quelques minutes pour gagner le studio d'enregistrement qui se trouve place du Trocadéro. Après avoir payé à l'aide de sa carte bleue, être sortie du taxi et m'avoir posée avec ma cage sur le sol, ma mère s'est lavé les mains avec un liquide contenu dans un petit flacon. Je n'aime pas l'odeur de ce produit que je trouve trop forte. Je sais : je suis bien grincheuse aujourd'hui et tout m'est prétexte à râler. Ce masque stupide est la goutte d'eau qui a fait déborder le vase ! Déjà que participer à cette émission ne m'emballait pas même si j'apprécie que les feux des projecteurs soient braqués sur moi. Vous savez comme je suis casanière : je n'aime que notre petit appartement. Allez détends toi Jasmine Catou ! C'est la rançon de la gloire. Cent mille personnes vont entendre parler de toi et de tes exploits. Il faut les convaincre d'acheter notre livre.

Maman appuie sur le clavier extérieur de l'interphone et sur poignée de la porte extérieure par l'entremise de son manteau. Une dame est en train de nettoyer le hall, Maman la contourne en se plaquant contre le mur, pour mettre le maximum de distance entre cette employée et elle. En d'autres circonstances, je trouverais ses contorsions amusantes, mais ce matin je dois m'efforcer de garder mon sérieux. Que c'est difficile !

*Radio Tour Eiffel* est située au rez-de chaussée. La porte du studio est entre-ouverte sans doute pour éviter qu'on ne la touche. Maman la pousse de l'épaule avant de la refermer à demi avec le pied. Les humains sont passés en quelques jours d'un extrême à l'autre : la semaine dernière, si j'en crois les images des reportages télévisés, ils se pressaient en foule dans les parcs sans respecter les distances de sécurité. Désormais ils voient partout des virus grimaçants qui cherchent à sauter sur eux et à les mordre : un vrai film d'horreur, comme celui avec des zombies que Maman a regardé le mois dernier. Enfin je ne suis qu'une chatte, je ne comprends pas tous les tenants et aboutissants de cette situation complexe !

Un homme assis autour d'une table salue Maman de la main et nous convie à prendre place sur un siège placé à un mètre de distance de lui. Il doit s'agir d'Augustin. Un autre invité est déjà arrivé.

– Docteur Yves de Pérec, vétérinaire exerçant à Suresnes, auteur de *N'humanisez surtout pas vos animaux.* Agathe Boulay et la célèbre détective Jasmine Catou, nous présente l'animateur.

Je me rengorge. Voilà un homme qui sait parler aux félins !

– Votre livre, *les enquêtes de Jasmine Catou*, est amusant, commente Yves de Pérec, excessif bien sûr, mais nous en reparlerons à l'antenne.

Que voulez-vous sous-entendre docteur avec ce mot « excessif » ? Le poulain de Maman qui rapporte mes aventures n'exagère nullement contrairement à ce que vous semblez insinuer. Hum ! Mon interview ne sera pas une partie de plaisir : j'aurai un contradicteur qui cherchera à me dénigrer. Heureusement, Maman a du répondant.

Un homme tenant en laisse un westie affublé d'un masque aussi comique que le mien, nous rejoint. Voilà sans doute le troisième humain invité. Il s'installe à la dernière place libre. L'animateur fait les présentations :

– Griffouille et Bernard Perroche, professeur de philosophie au lycée Louis le Grand de Paris et auteur de *Dialogue entre Socrate et mon chien*, nous apprend-il.

L'enseignant a un bouc grisonnant hirsute et est mal peigné. Ses verres de lunettes sont sales. Quant à son animal ! En principe il devrait être blanc, puisque c'est la couleur de cette race canine. Mais son poil est emmêlé, et il est roux en de nombreux endroits. Et je ne parle pas de sa barbe : une horreur. Même s'il se disent philosophes tous les deux, ils n'ont pas la classe de notre ami Michel Becker toujours tiré à quatre épingles. Ils me font penser à Diogène, le clochard qui vivait dans un tonneau et qui a répondu à Alexandre le Grand « Ôte toi de mon soleil », alors que le roi lui demandait ce qu'il pouvait faire pour lui. Je tiens cette anecdote de Michel, il l'a racontée à Maman. Je ne manque jamais une occasion de me cultiver en écoutant les convives qui viennent se régaler chez Agathe ou en suivant attentivement les reportages à la télévision.

Bernard Perroche et son animal aurait dû faire un effort, aller chez le coiffeur et chez le tondeur. Ils seront filmés et seront vus par les auditeurs qui suivent l'émission sur internet. L'image qu'ils donnent est désastreuse et rejaillit négativement sur Maman et moi alors que, nous, nous faisons attention à notre apparence.

— Nous commençons dans cinq minutes, prévient Augustin.

— Jasmine peut-elle quitter sa cage ? demande ma mère. Sinon, la pauvre va faire de la claustrophobie.

— D'accord si elle reste près de vous.

— Bien sûr. Mon cœur tu ne t'éloigneras pas de moi ? Promis ? Ne va surtout pas réclamer des caresses.

Maman, j'ai compris la situation. Compte sur moi pour rester sage comme une image.

Ma maîtresse me pose sur le pupitre ; je me redresse et repère la caméra ; je m'entraîne à faire un sourire enjôleur, enfin à ma manière de chatte. Comme je vous l'ai déjà dit à de nombreuses reprises, j'aime paraître à mon avantage.

— Je vous remercie d'être venus, reprend Augustin. Je trouve important pour la qualité de nos émissions qu'elles soient enregistrées en direct. Nous perdrions de la spontanéité en utilisant le téléphone pour recueillir l'avis des intervenants.

— J'espère, réplique ma mère avec une pointe d'inquiétude dans la voix que cette rencontre n'aura pas de répercussions fâcheuses, qu'aucun d'entre nous ne tombera malade.

— Nous nous sommes efforcés de prendre le maximum de précautions. En principe elles suffiront.

— Montaigne a quitté son poste de maire de Bordeaux, pérore l'enseignant, juste avant que n'éclate une épidémie de peste. Il ne se cache pas dans ses *essais* avoir fui la contagion et cette attitude lui a beaucoup été reproché par ses commentateurs. Nous serons donc plus courageux que lui.

Quel prétentieux ! Faire la leçon à Michel de Montaigne ! Si je savais parler, je le lui clouerais le bec.

– L'émission commence, prévient Augustin.

Il entame un décompte avant d'ouvrir le débat en professionnel de la radio.

– Bienvenue sur l'antenne de *Radio tour Eiffel* pour notre débat, *l'animal et la littérature…*

Il poursuit en gratifiant chacun d'entre nous de quelques mots aimables ; même Griffouille est présentée comme une chienne lettrée, alors que pour ma part je l'aurais qualifiée de sac à puces.

– Bernard, dans votre livre, votre compagnon à quatre pattes tient des propos philosophiques de haute tenue et répond au grand Socrate. Bien entendu, c'est vous qui vous exprimez à la place de votre animal.

Le professeur de philosophie n'a pas le temps de répondre, le vétérinaire intervient et lui coupe la parole :

– L'exercice d'anthropomorphisme de cet auteur atteint rapidement ses limites ; il prétend présenter le point de vue d'un chien qui réagirait sur des problèmes et des questions essentiels en usant à la sagesse inhérente à son espèce, mais son exposé reste terriblement humain. La logique employée est nullement canine, elle appartient en fait au monde des hommes.

L'enseignant contre-attaque et défend son œuvre. Il emploie des mots abscons, fait appel à de grands principes, mais je ne dois être qu'une chatte stupide, je ne comprends rien à ses arguments.

La discussion devient confuse, le vétérinaire et le professeur parlent en même temps, s'empêchent mutuellement de s'exprimer. Il ne manquerait plus que Griffouille ne se mette à aboyer pour que le chaos soit à son maximum. Augustin essaye de reprendre le contrôle de son émission et se tourne vers Maman.

— Et vous Agathe, vous nous présentez des énigmes qui seraient résolues par votre chatte. Évidemment, il ne s'agit que d'une fiction parodique.

— Pas du tout, mon auteur n'a pas écrit une œuvre d'imagination : il a rapporté des histoires réelles.

Le vétérinaire éclate d'un rire sonore.

— Votre chatte ne sait pas parler. Donc ces nouvelles ne sont qu'interprétation et affabulation de la part d'un écrivain à la plume trop prolixe.

Il dresse la liste des prétendues invraisemblances et exagérations qu'il a relevées. Il met en pièces *Les enquêtes de Jasmine Catou* et Maman peine à me défendre. Comment lui venir à l'aide et faire taire ce praticien trop acerbe ?

J'ai bien une idée qui me trotte dans la tête, mais de quelle façon puis la faire comprendre à mon entourage ? Je rencontre toujours le même problème : je n'arrive pas à communiquer ! Je m'en remets à la télépathie, qui à quelques reprises dans le passé a fonctionné. Je songe très fort à ma solution et me concentre pour toucher l'esprit de ma mère. Hélas le lien ne s'établit pas aujourd'hui ; Agathe ne propose pas le test que j'essaye de lui suggérer. Essayons autre chose. Je traverse la table et vais me planter face au vétérinaire, droite sur mes pattes.

— Pour nos auditeurs, je précise que Jasmine vient de se placer juste devant Yves, s'amuse Augustin. Docteur, vous lancerait-elle un défi ?

— Votre remarque n'a aucun sens. Elle est incapable de comprendre que j'émets des doutes sur ses capacités de détective, car elle est une chatte qui ne décrypte pas le langage humain. Aussi, ne vous lancez pas dans des explications anthropomorphiques, ne vous imaginez surtout pas qu'elle vient protester. Elle s'est approchée de moi uniquement parce que je suis celui qui parle le plus dans ce studio.

Vous vous trompez du tout au tout ! Comment vous le faire comprendre ? Et si je secouais la tête ?

— Yves, j'ai l'impression qu'elle vous dit « non » en hochant sa gueule de gauche à droite, remarque hilare Augustin.

— N'importe quoi, rétorque Yves de Pérec.

— Peut-être attend-elle que vous lui proposiez une énigme à résoudre ? s'esclaffe l'animateur.

Vous avez deviné, Augustin ! N'est-ce pas là le meilleur moyen de faire taire ce vétérinaire si catégorique ?

— Votre émission sombre dans le grotesque, proteste Yves de Pérec. Un chat détective, quelle absurdité ! Vous nagez en plein délire à l'Ionesco.

— Vous connaissez le but que nous poursuivons, réplique gouailleur l'animateur, nous mettons en présence des personnalités dont l'approche est totalement différente et nous suscitons ainsi des débats. Jouez le jeu !

— Vous devenez un émule en pire de M. Hanouna.

— Je me dévoue, intervient ironique Bernard Perroche. Je vais poser une devinette à notre Sherlock Holmes félin : qu'est-ce qui marche sur quatre pattes le matin, sur deux le midi et sur trois le soir.

Pff c'est facile. Notre ami Michel Becker nous a déjà expliqué lors d'un déjeuner chez Maman le fin mot de cette charade philosophique posée par un drôle d'animal à un roi antique. Je traverse la table et me dirige vers l'enseignant avant de poser ma patte sur sa main.

— Voudrait-elle signifier que la réponse est l'Homme ? s'étonne Augustin.

— Je m'interroge en effet, confirme Bernard Perroche.

Le vétérinaire hausse les épaules :

— Arrêtez de délirer et cessez de prêter une intelligence humaine à cette chatte.

— Elle n'avait pas d'autre moyen de donner la solution de cette devinette, s'insurge Maman. Elle ne sait ni parler ni écrire.

— Vous seriez-vous tous les trois concertés pour me jouer un tour ? s'interroge caustique le médecin. Avez-vous dressé Jasmine pour qu'elle fasse semblant de résoudre des énigmes ?

Eh ! Je ne suis pas un animal de cirque.

— Si vous émettez ces doutes, c'est que vous êtes troublé, rétorque ma mère. Pour emporter votre conviction, donnez-lui à votre tour un mystère à résoudre et elle le fera à sa manière.

— Certainement pas. Je suis un scientifique sérieux et respectable. Je refuse de participer à cette farce.

— Agathe a raison, se gausse Augustin. Un chercheur fait des expériences pour découvrir la vérité, non ? Nous vous suggérons donc d'en effectuer une.

— J'ai lu *Les enquêtes de Jasmine Catou*, fort amusant du moment qu'on les considère comme une œuvre d'imagination. Cet animal aurait démasqué un assassin, découvert le lieu où se cachait un chien. Je n'ai aucune enquête policière de ce type à lui proposer, se moque le vétérinaire.

— Dommage, regrette l'animateur.

— J'ai une idée, raille Yves de Pérec. Je viens tout juste de perdre mon smartphone. Votre magicienne féline a-t-elle le pouvoir de le retrouver ?

— C'est récent alors, constate Augustin, vu que je vous ai téléphoné ce matin.

– En effet.

– Je trouve que vous placez la barre fort haute, tique l'animateur.

– Si Jasmine Catou est aussi géniale qu'on le prétend, elle me dira où se trouve mon téléphone.

– À l'impossible nul n'est tenu !

– En fait je plaisantais. Je n'attends absolument pas qu'elle me restitue mon smartphone. Je ne suis pas comme vous envoûté par Jasmine et je ne lui prête pas des pouvoirs extra-sensoriels.

– Avez-vous vraiment égaré votre portable ? interroge le philosophe.

Son ton est quelque peu agressif. Sans doute reproche-t-il au vétérinaire d'avoir dénigré les qualités philosophiques de sa chienne.

– Je vous l'assure : je ne l'ai plus et j'ignore ce qu'il est devenu.

– Quel est le dernier endroit où vous vous souvenez l'avoir eu en votre possession ? demande ma mère.

– Dans un taxi.

– Alors, vous l'avez probablement oublié dans ce véhicule.

– Non j'ai joint la compagnie qui m'a dirigé vers le chauffeur. Il a fouillé sa voiture en vain.

– Un des clients qui vous a suivi l'a peut-être pris, avance le maître de Griffouille.

– Il l'a gardé pour lui alors. Il ne l'a pas donné au conducteur

– De quelle façon est verrouillé votre smartphone ?

– Par l'empreinte de mon pouce et la reconnaissance faciale. Je suis prudent : j'ai doublé les sauvegardes

– Ces codes seront vraiment difficiles à casser. Si un passager du taxi l'a gardé, il n'en aura pas l'usage, remarque Augustin. Il va s'en débarrasser.

– En effet. Sans doute mon smartphone va-t-il finir dans une poubelle ou dans la Seine.

– Avez-vous malgré tout tenté de faire votre numéro depuis un autre appareil ? Si vous n'avez pas encore essayé, je vous prête mon portable, propose le papa de Griffouille.

– Je vous remercie, mais cela ne servirait à rien. J'avais fermé mon téléphone après avoir raccroché vu que je devais participer à cette émission et que je ne voulais en aucun cas que nous soyons dérangés par un appel intempestif

– Comment avez-vous joint le conducteur, si après le taxi vous vous êtes immédiatement rendu dans ce studio ? s'enquiert soupçonneux Bernard Perroche.

Pour la deuxième fois, il exprime des doutes. Je suis comme lui : je m'interroge. Cette histoire de téléphone disparu serait-elle une fausse énigme posée par ce vétérinaire pour me ridiculiser ?

– Je suis passé chez ma mère avant de venir ici, elle m'a prêté son téléphone. Elle a quatre-vingt-dix ans ; avec le covid 19, elle ne sort de plus de chez elle. Je lui ai apporté ses courses de la semaine. Arrivé à son domicile, je me suis aperçu que je n'avais plus mon appareil.

– Avez-vous fouillé son appartement ? s'enquiert Agathe.

– Bien sûr, j'ai regardé si je ne l'avais pas fait tomber dans son entrée, dans le hall de son immeuble ou sur le trottoir devant chez elle. Mais je n'ai rien trouvé.

– Aviez-vous téléphoné lorsque vous étiez dans le taxi ?

– Oui, à ma mère pour la prévenir que j'arrivais.

– J'en tire la seule conclusion possible : vous avez oublié votre smartphone dans le VTC, conclut Augustin. Vous n'avez pas vraiment donné une énigme à résoudre à la chatte d'Agathe. Sa solution était évidente depuis le début.

– J'ai fait semblant de jouer votre jeu. C'était une plaisanterie, bien sûr.

– Nous allons alors clore cette parenthèse, avance l'animateur.

Sur une défaite de Jasmine Catou ? Certainement pas. Je saute à terre et frôle Griffouille qui se met à japper. Désolé, mon frère je prends au plus court. Arrivé près de Maman, je pose sur mon postérieur sur le sol et bat l'air avec mes pattes avant, tout en frottant mon museau et mon masque contre le manteau d'Agathe. Hélas Griffouille m'a suivie en grognant et je dois sauter sur la table pour mettre de la distance entre lui et moi, même s'il ne peut me mordre avec son masque. Quel chien stupide !

– Attention à vos animaux, reprenez-les en mains ordonne Augustin.

Maman fait mine de me saisir, sans doute pour me remettre dans sa cage, mais je me réfugie au centre du pupitre.

– Jasmine aurait-t-elle voulu nous faire passer un message ? s'amuse l'animateur.

– Encore une fois : arrêtez de l'humaniser, proteste le vétérinaire. Elle n'est qu'un animal.

Maman, Augustin : réfléchissez que diable ! Je ne peux plus vous donner d'autres indices : je suis au centre de la table et il vaut mieux que je ne bouge pas.

L'enseignant accroche sa laisse au collier de Griffouille et l'oblige à s'éloigner. En principe avec le confinement, les humains doivent se tenir à un mètre l'un de l'autre. Je culpabilise d'avoir, par ma maladresse exposé Agathe à la contagion.

– Si ma chatte essaye de nous mettre sur une piste, marmonne Maman, elle est en rapport avec mon manteau.

Oui, tu es sur la bonne voie !

– Madame Boulay, je suis découragé de toujours me répéter : arrêtez de prêter une intelligence humanisée à votre minette.

Ne m'insultez pas docteur, je vous prie.

– Je connais ma chatte, me défend Maman. Elle avait une idée derrière la tête en touchant mon vêtement, mais laquelle ?

Enfin Maman, c'est évident pourtant ! Augustin fronce les sourcils :

– Docteur, comment vous êtes-vous aperçu que vous n'aviez plus votre smartphone

– Il ne pesait plus contre ma jambe. Je le place toujours dans la poche droite de mon pantalon.

– Avez-vous vérifié si votre téléphone n'était pas dans votre loden ? C'est peut-être ce que Jasmine voulait nous suggérer.

– Inutile. À chaque fois, je replace mon appareil dans mon jean.

– Regardez rapidement dans votre parka et changeons de sujet. Nous avons fait le tour de cette disparition et nos auditeurs vont s'impatienter, tranche Augustin.

Le vétérinaire s'exécute maussade. Il explore de la main dans sa poche droite. Apparemment elle est remplie de d'objets divers qu'il a du mal à identifier, car sa paume reste au même endroit.

— Videz le contenu sur la table, vous verrez mieux grince le philosophe.

— Je ne préfère pas, se défend Yves de Pérec.

Soudain de la stupéfaction se reflète sur son visage.

— Ce n'est pas possible, grommelle-t-il.

Il sort son smartphone.

— Il n'a aucune raison d'être là. Je ne comprends pas.

— Avez-vous fait autre chose pendant que vous teniez le téléphone, interroge le professeur de philosophie.

— Le chauffeur de taxi, m'a indiqué le prix à payer vu que j'étais arrivé à destination.

— Voilà l'explication. Vous avez été dérangé dans vos habitudes.

Son ton est ironique. Le chien pousse un petit cri plaintif. Approuve-t-il son maître ? Serait-il moins idiot qu'il en a l'air ? C'est vrai qu'avec sa barbe sale, je l'ai peut-être mal jugé. Je partage les doutes de Griffouille et de son papa : cette histoire de téléphone égaré était-elle véridique ? Ne s'agit-il pas d'une fausse énigme ?

— Le test est concluant, constate l'animateur. Nos auditeurs ont vécu un grand moment de radio : une enquête en direct de notre chatte détective, la grande Jasmine Catou.

— Tout est dans l'interprétation des faits et gestes du félin de madame Boulay, bougonne Yves de Pérec. Je reste sur ma position. Je ne crois pas qu'elle ait découvert quoi que ce soit.

Mauvais joueur va !

– Au public de juger ! tranche Augustin. Monsieur Perroche, pensez-vous que Socrate aurait aimé débattre de philosophie avec Griffouille ?

Quelle question naïve ! Comment auraient-ils pu échanger ? Le philosophe antique aurait été incapable d'interpréter les aboiements de Griffouille même s'il est aussi intelligent que moi. Le vétérinaire aurait eu raison de souligner que le présentateur confond allégrement humains et animaux. Il se tient coi pourtant, il est devenu prudent. Jasmine Catou tu as encore triomphé !

# Sommaire :